새를 찾아서

청소년 소설 _14

새를 찾아서

차오원쉬엔 글 | 박미진 옮김

펴낸날 2023년 6월 1일 초판1쇄
펴낸이 김남호 | 펴낸곳 현북스
출판등록일 2010년 11월 11일 | 제313-2010-333호
주소 07207 서울시 영등포구 양평로 157, 투웨니퍼스트밸리 801호
전화 02) 3141-7277 | 팩스 02) 3141-7278
홈페이지 http://www.hyunbooks.co.kr | 인스타그램 hyunbooks
ISBN 979-11-5741-377-5 43820

편집장 전은남 | 편집 강지예 | 디자인 김영미 | 마케팅 송유근 함지숙

차오원쉬엔

새를 찾아서

옮김 박미진

현북스

| 차례 |

1. 아빠는 새

위피알의 눈은 곧 사라져 버릴지도 모를 커다란 새에
꼼짝없이 고정되어 있었다. 공중으로 뻗은 팔과 손가락은
꼭 벌거벗은 나뭇가지처럼 애처로웠다.

위피알이 태어나서 처음으로 말을 했을 때, 입 밖으로 나온
단어는 '엄마'가 아닌 '아빠'였다.

그날, 엄마는 고원에 자리한 마을의 뒤쪽 공터에서 위피알을
안고 저 멀리 산을 지그시 바라보고 있었다. 엄마 품에 안긴 위
피알은 어느새인가 고개를 들어 하늘을 올려다보았다. 보드라
운 산바람이 살포시 불어오고 하늘은 맑고 푸른 봄날이었다.
새하얀 구름, 우윳빛 구름, 회색 구름, 연회색 구름이 이곳저곳

에서 송이송이 피어나 때로는 진하게, 때로는 연하게 서쪽 하늘을 수놓았다.

위피알은 그중에서도 잿빛 구름에서 눈을 떼지 못했다. 가장 크고 가장 짙은 그 구름은 위피알과 엄마의 머리 위로 다가왔다. 위피알의 새까맣고 커다란 눈이 반짝반짝 빛을 내며 구름을 따라 움직였다. 다른 구름 떼가 그 잿빛 구름의 수행원이라도 되는 듯이 뒤를 따랐다.

몇 년 후, 위피알은 아빠를 찾아 떠난 길에서 짙푸른 호수와 마주치게 되는데, 그때 호수의 물결이 앞서거니 뒤서거니 하는 모습을 보고 어렴풋이 이날의 하늘을 떠올렸다. 위피알의 기억력은 다른 사람들이 보기에 가히 불가사의할 만큼 놀라웠다. 심지어 한 살 때의 기억조차 끄집어내 엄마와 외할머니에게 이야기할 정도였다.

아기 위피알은 구름에서 눈을 떼지 않았다. 그 구름이 두 사람 머리 위로 가까이 날아오자, 위피알이 고개를 점점 더 높이 쳐들었다.

저 구름 뒤에는 어떤 비밀이 숨어 있을까?

구름을 보고 또 보는 사이, 양 날개를 쫙 펼친 거대한 새 한 마리가 구름에서 나왔다. 새는 한 번에 모습을 드러내지 않고 서서히 구름을 빠져나왔다. 새가 날개를 펄럭이자 커다란 부채에 푸른 연기가 넘실거리듯 주변 구름이 자꾸만 일렁였다.

엄마는 아직도 먼 산을 바라보고 있었다.

"빠—, 아빠—."

엄마는 깜짝 놀라 어깨에 기댄 위피알을 보았다. 위피알의 작고 오동통한 손이 하늘을 향해 쭉 뻗어 있었다. 두 눈은 캄캄한 어둠 속 혜성처럼 밝게 빛났다. 엄마가 위피알의 손가락이 가리키는 곳으로 시선을 옮기는 찰나, 커다란 새가 출렁이는 구름의 파도에 휩싸였다.

"아빠—, 아빠—."

위피알의 눈은 곧 사라져 버릴지도 모를 커다란 새에 꼼짝없이 고정되어 있었다. 공중으로 뻗은 팔과 손가락은 꼭 벌거벗은 나뭇가지처럼 애처로웠다.

그때부터 엄마도 하염없이 하늘을 바라보았다.

커다란 새는 구름 속으로 자취를 감췄다.

서쪽에서 불어오는 바람이 갈수록 거세졌다. 구름은 변화무쌍하게 움직이며 서로 뒤섞였다. 조금 전까지 제각각으로 하늘

을 떠다니던 구름들은 이제 혼자가 아니었다. 그러나 두 사람
의 머리 위로 날아든 거대한 잿빛 구름만은 아직도 외톨이였
다. 그 구름 역시 바람에 모습이 자꾸만 바뀌었지만 혼자만의
변신일 뿐이었다.

　커다란 새가 다시 구름을 뚫고 나왔다.

　"아빠—, 아빠—."

　위피알은 이미 몇 년이고 불러 본 것처럼 씩씩한 목소리로 또
렷하게 '아빠'라고 했다. 한 살밖에 되지 않았는데 말이다. 게

다가 그전까지 엄마는 위피알에게 '엄마'라는 말만 가르쳤을 뿐, '아빠'라는 말은 알려 준 적도 없었다.

해를 가린 구름이 걷히고 새가 모습을 드러냈을 때, 금빛 햇살이 틈새를 비집고 화살처럼 쨍하게 쏟아져 내렸다. 구름과 하나가 되어 푸른 잿빛을 띠던 새가 순식간에 황금빛으로 변했다. 양 날개를 펼친 모습은 온 하늘을 뒤덮을 듯 위풍당당했다. 펄럭이는 날개에 부딪힌 금빛 햇살이 반짝거리는 다이아몬드처럼 온 하늘에 부서져 내렸다.

그 순간, 엄마는 왠지 마음이 요동쳤다. 위피알을 꼭 끌어안고 멍한 눈으로 커다란 새를 지켜보았다.

"아빠―, 아빠―."

위피알의 손가락이 계속 커다란 새를 가리켰다.

그러자 엄마도 커다란 새를 가리키며 위피알을 따라 했다.

"아빠―, 아빠―."

위피알이 외쳤다.

"아빠―, 아빠―."

엄마가 또 따라 외쳤다.

"아빠―, 아빠―."

커다란 새는 구름 안으로 들어갔다가 다시 밖으로 나왔다.

구름이 점점 더 멀어졌다. 동쪽으로 향하는 구름을 따라 두 사람도 천천히 몸을 돌렸다. 바람이 점점 잦아들자 커다란 새는 구름이 떠다니는 속도보다 더 빨리 날았다. 이윽고 새는 자신을 감싸던 구름을 뒤로 따돌렸다. 그리고 바로 두 사람의 머리 위를 지나는 순간, 땅 위에서 흥미로운 무언가를 발견한 것처럼 느닷없이 상공을 두 바퀴 빙빙 돌았다.

새는 계속해서 동쪽으로 날아갔다.

위피알의 쭉 뻗은 손이 멀어지는 새를 따라 점점 아래로 떨어졌다.

커다란 새는 저 멀리 날아가며 점점 작아졌고, 마침내 조그맣고 까만 점이 되었다. 까만 점마저 사라지자 하늘에는 소리 없는 구름만이 남았다.

"아빠—, 아빠—."

위피알의 눈은 여전히 까만 점이 사라진 곳을 뒤쫓았다. 중얼거리는 목소리가 점점 작아졌다.

"그래! 우리 위피알 아빠는 새야."

위피알에게 이렇게 말하는 엄마 역시 까만 점이 사라진 곳을 계속해서 바라보았다.

    그날 이후로 위피알은 무언가에 홀린 듯 자꾸만 고개를 들어
하늘을 바라보곤 했다.

2. 새의 아이

위피알이 회색과 흰색 깃털이 뒤섞인 세 마리의 새에게 말을 거는 모습을
본 아이도 있다. 그 새들은 마치 위피알의 말을 다 알아듣는 듯했다.
날아가라고 하면 날아올랐고, 이리와 앉으라고 하면 날아와 앉았다.

"누가 우리 아빠야?"

"우리 아빠는 어떤 사람이야?"

"아빠는 어디 갔어?"

"아빠는 어디에 있는데?"

위피알은 점점 자라면서 엄마에게 불쑥불쑥 질문을 던졌다.

이 지역에서 제일 유명한 시인인 엄마의 대답은 언제나 한결
같았다.

"위피알의 아빠는 새란다."

위피알이 한 살이었을 때 하늘 위를 날던 커다란 새를 보면서 엄마가 했던 말이다. 엄마는 이 말이 썩 마음에 들었다. 왠지 구슬픈 느낌이지만 굉장히 시적인 표현이기 때문이었다.

산비탈의 복숭아 묘목이 자라나듯 위피알도 쑥쑥 성장했다. 처음에는 위피알도 다시진의 여느 아이들과 다르지 않았다. 햇볕 아래에서 정신없이 뛰어다녔고, 달빛 아래에서 목청 높여 소리를 질렀다. 떼를 지어 굽이치는 먼 산줄기를 바라보았고, 산자락을 기다랗게 휘감은 시냇물을 좋아했다. 높디높은 앵두나무를 타고 올라 힘껏 흔들면 잘 익은 앵두가 땅으로 후두두 떨어지는 것도 좋아했다. 저 멀리 겹겹이 앉은 산들을 향해 냅다 소리를 지르면 들려오는 메아리도 좋아했다. 아무것도 아닌 문제로 친구들과 다투고 싸움박질을 하는 것도 좋아했다.

그런데 위피알이 자랄수록 다시진 사람들은 이 아이가 다른 애들과는 좀 다르다고 느꼈다. 갈수록 더 그랬다. 위피알은 딴 세상의 황홀한 부름에 마음을 빼앗긴 것처럼 다시진의 아이들과 따로 놀기 시작했다. 혼자서 멀찍이 떨어져 서 있거나, 다시진 마을과 아이들을 낯설게 바라보았다. 꼭 여기서 태어나지 않은 사람처럼, 여기저기를 떠돌다가 먼 데서 이곳까지 오게 된 나그네 같은 눈빛으로.

다시진의 아이들 역시 갈수록 서먹서먹하게 멀찍이 떨어져서 위피알을 관찰했고, 심지어 차가운 눈초리로 위피알의 일거수일투족을 뒤쫓았다. 위피알의 작은 그림자는 신기하게도 이목을 끌었고, 유별나 보였다. 위피알이 서먹하게 굴어서 다시진의 아이들과 어른들도 덩달아 어색해진 것인지, 아니면 다시진의 아이들과 어른들이 먼저 어색하게 구는 바람에 위피알이 멋쩍어진 것인지 꼬치꼬치 따져 본 사람은 없다. 사람들은 그저 위피알이 좀 이상한 아이라고 생각했을 따름이다. 그 아이의 엄마도 어쩐지 다시진과는 도무지 어울리지 않는 사람이었으니까.

아이들이 놀이에 정신없이 열중하고 있을 때면 위피알은 시큰둥한 표정으로 마을 뒤쪽에 홀로 선 앵두나무로 향했다. 그리고 나무 아래에 앉아 말없이 먼 산을 바라보았다. 바로 '검은 까마귀 봉우리'였다. 황혼 녘에 목을 쭉 뻗은 까마귀같이 생긴 그 산봉우리는 다시진 사람들이 불길하다고 여겨 시선조차 잘 두지 않는 곳이었다.

커다란 나무 아래에 오도카니 앉은 자그마한 남자아이. 목판화 같기도 한 그 모습은 다시진 사람들의 뇌리에 와 박혔다. 사람들은 이 광경을 볼 때마다 자연스럽게 위피알의 엄마를 떠올렸다. 엄마 역시 그 앵두나무 아래에서 검은 까마귀 봉우리를 오래도록 바라보는 버릇이 있었다. 위피알의 엄마가 앵두나무 아래에 앉아 하룻밤을 꼬박 새우는 걸 본 사람도 있다.

시간이 지날수록 더 확실해졌다. 위피알이 좋아하는 것은 사람이 아니라 새, 각양각색을 뽐내는 새였다. 이 고원에는 수많은 종류의 새가 살았다. 크기는 천차만별에 색깔도 다양했다. 눈을 매료시키는 화려한 빛깔의 새도 많았다. 새들은 저마다의 울음소리로 지저귀고 온갖 예쁜 자태를 뽐내며 날아다녔다. 하지만 흔하디흔한 새 따위에 신경 쓰는 사람은 아무도 없었다. 심지어 다시진 사람 중에 그 누구도 새들의 이름을 일일이 말하지는 못했다. 새가 너무나도 많았으니까. 그게 뭐 대수란 말인가? 그저 새라는 걸 알아보기만 하면 되는데 말이다.

오직 위피알이 모든 새 한 마리 한 마리를 마음에 담았다. 그리고 그 새들의 이름을 하나하나 다 부르려고 애썼다. 고작 새 한 마리라고 해서 어떻게 이름조차 없을까? 위피알은 나무, 전

깃줄, 혹은 바닥 위에서 폴짝폴짝 뛰어다니는 새를 가리키며 다시진 사람들에게 물었다.

"저 새는 이름이 뭐예요?"

그러면 십중팔구는 고개를 갸웃거렸다.

"모르겠는데."

동시에 그들의 얼굴에는 이런 표정이 떠올랐다.

'새의 이름 같은 걸 왜 꼭 알려고 하니? 그렇게나 할 일이 없어?'

위피알은 다시진에서 새의 이름을 가장 많이 말할 수 있는 사람이 뜻밖에도 엄마라는 사실을 나중에야 알게 되었다. 물론 엄마가 마을을 날아다니는 모든 새의 이름을 말할 수는 없지만, 괜찮았다. 위피알은 엄마를 우러러보았다.

"다시진 사람들은 다 모르는데, 엄마는 새 이름을 어떻게 알아?"

위피알의 물음에 엄마는 왜인지 얼굴을 한쪽으로 돌리고 아무 대답도 하지 않았다. 엄마는 한참이나 침묵을 지켰다. 아마도 어떤 기억을 떠올렸는데, 그 기억이 엄마에게 슬픔과 아픔을 몰고 온 듯했다. 이런 일이 몇 차례 이어지자 위피알은 엄마에게 다시는 그런 질문을 할 엄두가 나지 않았고, 그냥 새의 이름이 무엇인지만 물었다.

그 이후로 다시진 사람들이 새의 이름을 알지 못해 멀뚱멀뚱 쳐다만 보고 있을 때면 위피알이 나타나 새를 가리키며 일러 주었다.

"쟤 이름은 시크라예요."

"할미새사촌이에요."

"저 새는 제비꼬리지빠귀예요."

"저건 솔새예요."

다시진 사람들은 입을 떠억 벌리고 감탄한 다음, 더욱 이상하다는 눈빛으로 위피알을 보았다.

위피알이 회색과 흰색 깃털이 뒤섞인 세 마리의 새에게 말을 거는 모습을 본 아이도 있다. 그 새들은 마치 위피알의 말을 다 알아듣는 듯했다. 날아가라고 하면 날아올랐고, 이리와 앉으라고 하면 날아와 앉았다. 위피알이 집에 돌아갈 때는 내내 머리 위를 맴돌았다.

날개가 파랗고 앞가슴이 주황색인 작은 새들이 저쪽 산에서 날아와 위피알 발밑에 떨어진 모이를 쪼아 먹는 걸 본 아이도 있다. 그 모이는 위피알이 뿌려 준 것이 틀림없었다. 새들은 집에서 키우는 닭이라도 된 것처럼 사람을 전혀 겁내지 않았다. 그런데 다른 아이들의 그림자가 나타나자마자 새들은 귀신이라도 본 듯이 파드닥대며 날아가 버렸고, 위피알이 화가 잔뜩 나서 아이들을 째려보았다는 이야기도 돌았다. 또 어떤 아이는 위피알이 나무 위 커다란 새 둥지 안에서 잠을 자는 모습을 올려다본 적이 있다고도 했다.

아이들이 위피알과 새에 관해 이러쿵저러쿵하는 이야기를 어른들은 "말도 안 되는 소리."라며 믿지 않았다. 그러면 아이들은 또 "믿기 싫으면 말고요!" 하고 팩 토라졌다.

그러나 어른들도 본 게 있었다. 인기척 없는 깊은 밤, 술을 만들어 파는 곳인 술도가의 사람이 마차로 술 항아리를 실어 나를 때였다. 그는 날이 밝으면 시내에서 술을 팔 생각이었다. 마차 바퀴가 삐걱삐걱하며 골목으로 들어섰을 때, 마차를 몰던 술도가 사람은 저 멀리서 조그마한 그림자가 골목길을 걸어 다니는 걸 발견했다. 가까이 가서 보니 위피알이 아닌가. "위피알!" 하고 불렀지만 아이는 그를 향해 웃기만 하고 아무런 대답도 하지 않았다. 위피알은 그렇게 유령처럼 달빛 아래에서 동네를 돌아다녔다.

그 이후로도 술도가 사람은 깊은 밤중에 위피알이 골목을 어슬렁거리며 돌아다니거나 심지어 노래를 흥얼거리는 모습을 몇 번이나 보았다.

"그런 어린애를 오밤중에 맞닥뜨리면 나도 모르게 오싹해진다니까요."

술도가 사람은 자기가 본 걸 마을 사람들에게 이야기했지만, 정작 마을 사람들은 별로 놀라지 않았다. 이번에도 위피알의 엄마를 떠올린 것이다.

"그 애 엄마도 야밤에 자주 돌아다니지 않았던가?"

"시를 쓴다고 했지. 그다지 잘 쓰지는 못했지만."

"위피알이 시를 쓴다고 그러는 건 아닐 거 아냐?"

술도가 사람이 갑자기 떠오른 듯 이야기했다.

"어! 맞다. 새도 한 마리 봤어요. 그 애 머리 위에서 왔다 갔다 하던데요."

"새요?"

"무슨 새요?"

"한밤중인데 제가 그걸 어떻게 봤겠어요!"

위피알은 그렇게 다시진 사람들의 별의별 이야기 속에 등장하며 무럭무럭 자라 다섯 살이 되었다.

3. 동쪽 산

앵두나무는 이미 잎을 다 떨구고 헐벗은 모습으로 서 있었다. 까마귀 세 마리가 마른 가지 위에 앉아 멍하니 웅크리고 있었다. 산골짜기에서 불어온 바람에 깃털이 자꾸만 뒤집혀 나풀거렸다.

위피알의 엄마인 린나는 어릴 때부터 다시진에서 제일 예쁜 여자아이로 유명했으며 지금은 다시진에서 가장 아름다운 여인이 되었다.

엄마는 낭창낭창한 대나무같이 늘씬한 몸매에 팔다리도 길쭉길쭉했다. 길을 걷는 자세도 다시진 사람들과는 딴판이었다. 다시진 사람들은 오르막이나 울퉁불퉁한 산길을 자주 걷다 보니 남녀노소를 불문하고 조금씩 밭장다리였지만 엄마의 다리는 곧았다. 몸이 좀 허약하긴 했지만 걸을 때는 언제나 허리와 가슴을 펴서 바람에 당당히 맞섰다.

엄마는 긴 치마를 즐겨 입었다. 회색, 푸른색, 흰색을 주로 입었고 가끔은 붉은색 치마도 입었는데 거의 바닥에 끌릴 정도로 길었다. 갸름하니 봉긋하게 솟은 엄마의 두 발은 무척 고왔지만 다시진 사람 중에 그 발을 본 사람은 몇 없었다. 쉬지 않고 부는 산바람 때문에 엄마는 머리를 스카프로 감싸는 걸 좋아했다. 바람이 잠잠할 때도 완전히 벗어 버리지는 않고, 그 고운 목덜미에 무심한 듯 툭 걸쳐 놓았다.

엄마의 두 눈은 누구나 한 번 보면 쉽게 잊을 수 없었다. 너무 크지 않은 가느다란 눈매는 수수께끼 같은 궁금증을 자아냈다. 다시진 사람들은 엄마의 눈빛이 어떠한지, 그 눈 깊은 곳에 무엇이 숨어 있는지 똑 부러지게 설명하지 못했다. 시가 무엇인지도 이해하지 못하는 사람들이 엄마의 눈빛을 정확히 설명하지 못하는 건 당연했다. 엄마가 어떤 눈빛을 지녔는지 이야기할 수 있는 사람은 이 일대에서도 몇 명 되지 않았다.

엄마는 평생을 다시진에서 살았다. 시를 잘 써서 도시로 갈 수 있을 정도는 되었고 대도시로 갈 수도 있었다. 그러나 엄마는 다시진에 남는 길을 택했다. 이곳에 있는 위피알의 외할머니를 떠날 수 없어서가 아니었다. 다시진과 검은 까마귀 봉우리를 떠날 수 없었고, 이곳의 뭇 산을 떠날 수 없어서였다. 그렇지만 정작 다시진 마을 사람들은 엄마를 여기 사람이 아닌 이방인처럼 여겼다. 어느 날 거센 바람이 그녀를 이 고원 마을에 뚝 떨어트리고 간 것처럼 말이다.

위피알이 여섯 살이 되던 해의 어느 가을날이었다.

엄마는 그날 온종일 시를 썼다. 엄마가 쓰는 시는 무려 삼백 오십팔 행짜리였고 이제 마무리를 남겨두고 있었다. 한 남자와 한 여자, 한 아이에 관한 시였다. 그리고 새가 등장했다. 한 마리가 아닌, 무수히도 많은 새. 시 속의 남녀 주인공이 이름을 알거나 들어 본 새들은 모두 그 기나긴 시에 등장했다. 책상 앞에 앉은 엄마는 자꾸만 눈시울을 적셨고 때때로 몸을 파르르 떨었다. 글자 하나하나가 콧날을 따라 흘러내린 엄마의 눈물방울 같았다. 엄마는 누르스름하게 바랜 종이에 시를 쓰는 걸 좋아했다. 그 종이에 글자가 내려앉는 것이 꼭 누런 가을 들녘에 새가 날아와 앉는 것 같아서였다.

다시진에는 엄마의 시를 읽고 뜻을 알 만한 사람이 하나도 없었다. 어쩌면 국어 선생님도 이해하지 못할 것이었다. 하지만 엄마는 상관하지 않았다. 그들에게 보여 주려고 쓴 시가 아니었으니까. 엄마는 자기 자신을 위해 시를 썼다. 이미 흘려보낸 자신의 지난 세월을 위해, 푸르름으로 가득한 뭇 산과도 같았던 자신의 청춘을 위해 시를 썼다.

엄마는 심지어 자기가 쓴 시를 주변 시인이나 친구들에게 보여 주지도 않았다. 누군가와 나눌 수 있는 세상이 아니었다. 그들이 본다 한들, 종잡을 수 없는 이 시를 이해할 수 있을지도 알 수 없었다. 은유로 가득한 데다가 중간중간 뚝뚝 끊긴 공백이 있기 때문이었다. 그런데 단 한 사람, 엄마의 시를 읽고 이해할 수 있는 사람이 있었다. 외할머니였다. 외할머니는 엄마가 쓴 시의 행간에 담긴 슬픔과 괴로움을 쉽게 알아차릴 수 있는 사람이었다. 맨 앞의 몇 글자만 보고도 그 시가 말하려는 모든 걸 알 수 있을지도 몰랐다. 하지만 외할머니는 엄마의 시를 영원히, 단 한 글자도 볼 수 없을 것이다.

엄마는 외할머니를 미워했다. 아주 많이 원망했다. 외할머니가 아니었으면 이렇게 눈물 젖은 시를 쓰지도 않았을 테니까.

그러니까 사실 이 긴 시를 쓴 사람은 어쩌면 엄마가 아닌 외할머니였다.

엄마가 이 시를 쓰기로 마음먹은 건 보름 전에 본 광경 때문이었다.

늦은 밤, 위피알은 혼자 뒤뜰 밤나무 아래에 앉아 하늘을 나는 밤새들을 보고 있었다. 달빛이 환하게 쏟아지던 밤이라 하늘의 구름이 대낮처럼 뚜렷하게 그 모습을 드러냈다. 커다란 새 몇 마리가 서쪽 까마귀 봉에서 동쪽을 향해 느릿느릿 날고 있었다.

위피알은 가만히 하늘을 올려다보았다. 두 손을 가슴 앞에 모은 위피알의 눈은 달빛 아래에서 반짝반짝 빛나는 작고 새까만 보석 같았다. 엄마는 처마 아래에 조용히 서서 그 모습을 지켜보았다. 그런데 정말 당황스러운 일이 일어났다. 엄마가 지켜보고 있다는 걸 들키지도 않았는데, 위피알이 손으로 하늘을 가리키며 이렇게 외친 것이다.

"엄마, 아빠!"

엄마는 위피알에게 다가가 아이 어깨에 손을 올리고, 저 멀리서 밤하늘을 날아가는 커다란 새를 함께 올려다보았다. 그 이후로 며칠 동안 엄마는 위피알이 밤마다 밤나무 아래에서 새를 보는 것을 발견했다. 그렇게 매일 밤 커다란 새가 하늘을 나는 것도 참 희한한 일이었다.

며칠이 지난 어느 날 밤, 엄마는 위피알을 데리고 방에 들어가 곁에 누이고 잠을 청했다. 그런데 위피알은 불 꺼진 어둠 속에서 큰 눈을 동그랗게 뜨고는 쉽사리 잠들지 못했다. 엄마는 위피알을 품에 안아 주었다. 그때, 위피알이 속삭이는 소리가 들렸다.

"아빠가 보고 싶어……."

엄마의 기다란 손가락이 위피알의 덥수룩한 머리카락을 쓰다듬었다.

"엄마도 알아."

"아빠는 진짜 새야?"

엄마는 아들의 말에 웃었지만, 눈물이 베개 위로 또르르 흘러내렸다.

"그럼. 우리 위피알 아빠는 새지."

위피알이 한 살 때도 엄마는 그렇게 말했다. 그러나 지금은 위피알도 여섯 살이다. 많은 것을 이해할 나이였다. 그렇지만 엄마는 아빠가 새라는 대답이 전혀 우습다고 생각하지 않았다. 위피알의 아빠는 그야말로 새였으니까. 물론 이 말을 처음 했을 때보다는 훨씬 마음이 무거웠고, 괴롭고 또 슬펐다. 대답을 들은 위피알은 이내 잠이 들었지만 엄마는 잠들지 못하고 가만히 누운 채 뜬눈으로 밤을 새웠다. 그리고 마음에 갑작스러운 충동이 일었다. 길고 긴 시를 써야겠다는 생각이었다.

다음 날 곧바로 시를 쓰기 시작했다.

마지막까지 몇 줄이 남았을 때, 엄마는 그만 참지 못하고 책상에 엎드려 대성통곡을 하고 말았다.

이미 황혼 무렵이었다. 한 번씩 불어오는 가을바람에 집 주위로 나뭇잎이 우수수 떨어졌고, 낙엽은 산골짜기 여기저기를 굴러다녔다. 밤색, 보라색, 짙은 빨강과 밝은 빨강, 싯누런 색과 환한 금색을 띠는 잎들이 떨어지는 모습은 오색찬란하면서도 쓸쓸하고 처량했다.

기러기가 먼 길을 떠나는 듯 높은 가을 하늘을 날았다. 힘을 한 번에 다 써 버릴 수 없다는 것처럼 아주 천천히 일정한 속도로 날아갔다. 간혹 들려오는 기러기 울음소리가 애달프기 그지없었다. 하늘 아래의 다시진 사람들에게 '우리 이제 갈게요!'

하고 작별을 고하는 것 같았다. 기러기뿐만 아니라 다른 철새들도 자신들의 높이로 날며 저마다 가고 싶은 곳을 향해 떠나갔다. 떠들썩하던 산골짜기와 마을은 순식간에 고요하고 단조로운 겨울로 접어들고 있었다.

갑작스러운 바람에 창문이 벌컥 열리며 찬 바람이 훅 불어 들어왔다. 책상 위에 놓인 시 원고가 온 집 안에 휘날렸다. 엄마는 재빨리 달려가 종이를 한 장씩 집어 들었다. 위피알이 앉아 있던 의자 위에도 종이가 떨어져 내렸다. 종이를 집어 들던 엄마는 문득 위피알을 떠올렸다.

'위피알은? 한참이나 인기척이 없었던 것 같은데.'

주운 원고를 순서대로 정리하면서도 속으로는 계속 위피알을 생각했다.

'어디로 간 거지?'

결국 엄마는 원고를 자세히 확인하지도 못하고 그대로 던져 둔 채 아이를 부르며 문밖으로 나갔다.

"위피알!"

늦가을의 고요함 속에 귀를 기울이니 인가의 말소리, 닭과 거위의 울음소리만이 아스라이 들려왔다.

'외할머니 집에 갔나?'

산 아래에 있는 외할머니 집은 아주 가까웠다. 위피알은 늘 외할머니 집에 놀러 갔고, 거기서 자는 것도 좋아했다. 하지만 엄마는 마음이 놓이지 않아 외할머니에게 전화를 걸었다. 외할 머니가 대답했다.

"위피알 지금 여기 없는데."

엄마는 마을로 걸어가며 계속해서 소리를 질렀다.

"위피알!"

도중에 사람을 만나면 물었다.

"위피알 보셨어요?"

하지만 보았다는 사람이 아무도 없었다.

마을을 돌며 찾아보았지만 위피알의 그림자도 보이지 않았다. 마음이 급해진 엄마는 더 크게 소리를 질렀다.

"위—피—알—!"

그러나 답은 없었다.

엄마는 앵두나무를 찾아갔다.

앵두나무는 이미 잎을 다 떨구고 헐벗은 모습으로 서 있었다. 까마귀 세 마리가 마른 가지 위에 앉아 멍하니 웅크리고 있었다. 산골짜기에서 불어온 바람에 깃털이 자꾸만 뒤집혀 나풀거렸다.

나무 아래에도 위피알은 없었다.

엄마는 새까만 까마귀들을 흘긋 보고는 얼른 집에 돌아가서 다시 외할머니에게 전화했다.

"위피알이 없어졌어요!"

외할머니는 불안에 휩싸였다.

"그럼 빨리 찾아야지!"

엄마는 다시 마을로 돌아가 한 바퀴를 돌았지만 아무런 소득이 없었다.

하늘이 점점 어둑어둑해졌다. 벌써 불을 밝히는 집도 있었다. 아까보다 더 싸늘해진 바람이 마을 입구에서부터 휘리릭 불어 들어와 반대쪽으로 빠져나갔다. 길에 서 있는 엄마의 긴 치마가 바람에 말리면서 마치 회색 날개처럼 휘날렸다.

외할머니가 손전등을 들고 나타났다. 위피알을 찾을 단서와 함께였다.

"왕씨네 샤오잉쯔가 오후에 위피알이 저쪽 산으로 올라가는 걸 봤단다."

외할머니의 손이 동쪽을 가리켰다.

엄마는 곧바로 집으로 돌아가 손전등을 찾아 들고 외할머니와 함께 산 아래로 내려갔다. 우선 산에서 내려가야 동쪽 산으로 갈 수 있기 때문이다. 외할머니의 집을 지나칠 때 엄마가 이야기했다.

"들어가세요. 제가 혼자 찾아볼게요."

외할머니는 아무 대답도 하지 않고 엄마의 뒤를 따랐다. 둘은 함께 동쪽 산을 오르기 시작했다.

"거긴 뭐 하러 간 걸까?"

엄마는 답을 알 것 같았지만 외할머니의 물음에 대답하지는 않았다.

손전등 두 개에서 뻗어 나온 불빛이 양쪽으로 나뉘었다가 한데 엇갈리더니 이내 산의 높은 곳을 향했다.

그 산에는 구불구불한 산길이 나 있었다. 크게 힘든 길은 아니었지만 산이 아주 높았다. 날씨가 좋지 않은 날에는 위쪽이 운무에 파묻혀 산의 절반밖에 보이지 않을 정도로 높았다. 심마니가 아니고서야 평소에 그 산을 오르는 사람은 거의 없었다.

산을 오르고 얼마 지나지 않아서 예순이 다 된 외할머니가 엄마를 가뿐히 앞질러 나갔다. 엄마는 한참 뒤처졌다. 외할머니는 이 일대에서 오랫동안 명성이 자자한 중의사로, 자주 산에 올라 약초를 캤다. 그러니 까마귀 봉을 둘러싼 사방의 높고 낮은 산들도 거의 다 올라 보았다.

사실 외할머니는 어릴 때부터 산에 올랐다. 대대로 중의 일을 하는 집안에서 태어났기 때문이다. 외할머니의 할아버지와

아버지는 그녀가 어렸을 때부터 이 근처 산과 골짜기의 개울로 데리고 다니며 약에 쓸 수 있는 식물과 동물, 광물을 죄다 알려 주었다.

외할머니는 계속해서 걸으며 크게 소리쳤다.

"위—피—알—!"

외할머니는 꽤 많은 나이에도 불구하고 목소리에 힘이 있었다. 외할머니가 외치는 소리는 늦은 밤에 아주 먼 곳까지 들릴 만큼 컸다.

엄마는 힘겹게 외할머니 뒤를 따랐다. 외할머니의 숨소리가 점점 가빠지며 외치는 소리도 떨리기 시작했다. 얇은 리본이 바람에 팔락거리듯 가냘픈 소리가 이어졌다. 그런데도 외할머니의 손전등 불빛이 점점 더 높은 곳을 비추며 멀어지자 엄마는 부끄러운 마음이 들었다.

사실 외할머니든 엄마든, 위피알을 찾는 일만 아니라면 이렇게 서두르며 산에 오를 일도 없겠지만 말이다.

다시진 사람들도 동쪽 산에서 움직이는 전등 불빛을 보았다. 그들은 싸늘한 밤바람을 맞으며 산 위를 한참이나 바라보았다. 그러다 서로를 발견하고는 물었다.

"산을 오르는 게 누구예요?"

잠시 후, 위피알의 엄마와 외할머니가 위피알을 찾아 나섰다는 사실을 다들 알게 되었다.

"저긴 뭐 하러 갔담?"

사람들은 그렇게 물으면서도 그리 놀라지는 않았다. 그들 눈에 위피알은 무슨 일을 벌여도 이상하지 않은 아이였다.

언제부터인지 길이 점점 미끄러워졌다. 하늘에서 보슬비가 내리기 시작한 것이다. 엄마는 몇 번이나 미끄러졌다. 외할머니는 엄마가 이런 산길에서 얼마나 힘들어할지 너무나도 잘 알았다. 그래서 연신 위피알을 부르면서도 뒤처진 엄마를 기다려 주었다.

알아차릴 수도 없을 만큼 가늘게 내리던 비가, 머리와 옷이 축축하게 젖을 즈음부터는 퍼붓기 시작했다. 시커먼 수초 사이를 헤엄치는 물고기처럼 구름 사이로 빼꼼히 모습을 보여 주던 굽이진 조각달이 이제는 완전히 사라졌다. 희미하게나마 밝았던 하늘이 갑자기 거대한 가마솥에 갇힌 듯 완전한 어둠에 휩싸였다. 엄마와 외할머니는 순식간에 방향을 잃어버렸고, 동서를 분간할 수가 없었다. 다시진은 어느 쪽이지? 집은 어디에 있지? 둘은 이 세상이 얼마나 큰지, 또 이 순간 자신이 어디에 있는지조차 가늠할 수 없었다. 그러나 위피알에 대한 걱정이 더 커서인지 조금도 두렵지 않았다. 오로지 감각에만 의지한 채 필사적으로 위를 향해 오르고 또 올랐다.

"위—피—알—!"

빗소리만 가득한 허공 속에 흠뻑 젖은 목소리가 울려 퍼졌다.

저 멀리 오래된 숲에서 뭔지 모를 동물의 울음소리가 드문드문 들려왔다. 머리카락이 쭈뼛 곤두설 만큼 음울한 소리였다. 엄마는 그 소리의 정체가 가면올빼미라는 것을 알았다. 어렴풋이나마 생김새까지 기억하고 있었다. 가면올빼미는 몸집이 크지 않고 가슴 깃은 담황색, 날개깃은 짙은 황갈색인 새였다. 날개에는 마치 사람이 점점이 그린 듯한 황색 반점이 조금씩 드러나 보인다. 두 눈은 자그마한 유리알처럼 동그랗고, 목을 움츠린 모습은 나이 지긋한 노인과 판박이로 닮았다. 엄마는 벌써 여러 해 동안 이 별난 새를 보지 못했다. 그래서 소리를 듣고도 무섭기는커녕 엉뚱하게도 새를 보고 싶다는 생각이 들었다.

비는 갈수록 거세졌다. 엄마가 또 넘어지면서 아주 위험한 상황이 벌어졌다. 어둠 속에서 손에 잡히는 대로 나무줄기를 부여잡지 않았더라면 그대로 미끄러져 내려갔을지도 몰랐다. 손전등이 땅에 떨어져 산비탈을 따라 돌돌 굴러 내려가다가 튀어나온 돌덩이에 부딪혀 튕겨 올랐다. 불빛이 산 아래로 곤두박질쳤다. 수직으로 내리꽂힌 불빛이 별안간 꺼졌다.

"앗!" 하는 엄마 목소리와 함께 제멋대로 구르는 손전등이 외할머니 눈에 들어왔다. 화들짝 놀란 외할머니는 뒷일은 생각지도 않고 그대로 아래쪽으로 돌진했다. 미끄러지면서도 죽을힘을 다해 손전등을 움켜쥐었다. 손전등을 잃어버리면 위피알을 찾기가 더 어려워질 테니까. 외할머니는 엄마와 삼십 센티미터 남짓 떨어진 곳에서 간신히 멈추었다. 그리고 엄마에게 급히 손을 내밀었다.

엄마는 원망스러운 듯이 외할머니의 손을 무시하고는 질퍽거리는 진흙에서 스스로 발버둥 치며 일어났다.

외할머니는 손전등을 켜고 천천히 앞장서서 걸었다.

비가 줄기차게 쏟아졌다.

"따라와라!"

외할머니가 불빛이 점점 약해지는 손전등을 툭툭 치며 한 걸음씩 앞으로 나아갔다. 왜소한 몸집에도 여전히 굳세고 강인한 모습이었다. 엄마의 눈에 외할머니는 언제나 그렇게 강하고 드센 사람이었다. 그런 모습이 너무나도 미웠다! 엄마는 외할머니를 뒤따라가기 싫었다. 앞질러 가고 싶었지만 도저히 따라잡을 수가 없었다.

엄마는 비틀비틀한 걸음으로 외할머니를 따르면서 소리 없이 흐느꼈다. 지금까지 위피알을 찾지 못해서이기도 하지만, 마음속의 알 수 없는 분노와 원망 때문이기도 했다.

마침내 산꼭대기에 다다랐다.

위피알은 없었다.

"위—피—알—!"

둘은 빗속에서 외치고 또 외쳤다. 그러나 여전히 아무런 대답도 들리지 않았다.

지친 외할머니가 팔을 내렸을 때였다. 바닥을 비춘 손전등 불빛에 신발 한 짝이 보였다. 외할머니는 한눈에 알아볼 수 있었다.

'위피알의 신발이야!'

불과 얼마 전에 자신이 위피알에게 사 준 신발이었다. 아이는 뛸 듯이 기뻐하며 매일 그 신발만 신으려고 했다.

외할머니가 신발을 주워 들고는 불빛에 비춰 보았다. 엄마도 다급하게 달려와 신발을 살펴보았다.

"왕씨네 샤오잉쯔 말이 맞았네. 위피알은 여기로 온 거야."

외할머니는 이내 혼란스러워졌다. 산꼭대기까지 왔는데 어째서 위피알이 보이지 않는 걸까? 나머지 신발 한 짝은? 외할머니는 손전등으로 바닥을 이리저리 비춰 보았다. 보일 듯 말 듯 한 오솔길 말고는 한길 낭떠러지만 눈에 들어왔다.

엄마는 눈 앞에 펼쳐진 상황에 가슴이 철렁 내려앉았다. 그러나 눈썰미 좋은 외할머니는 아래로 내려가는 오솔길에서 한 줄로 찍힌 조그마한 발자국을 발견했다. 이미 빗물에 씻겨 희미해지기는 했지만, 외할머니는 그게 위피알의 발자국이라는 걸 단번에 알아보았다. 발자국은 멈추지 않고 비탈길을 따라 아래로 향했다. 아마도 맞은편 산으로 올라간 듯했다.

외할머니는 발걸음을 옮기며 중얼거렸다.

"어디를 가는 걸까? 여기서 대체 뭘 하려고?"

혼잣말 같기도 하고 엄마에게 묻는 말 같기도 했다.

엄마는 그 말에 대답하지 않았다. 대신 엄마는 위피알이 한 살이었을 때를 떠올렸다. 커다란 새가 그들 머리 위를 날아 동쪽 산으로 갔던 그때……, 그때의 위피알과 자신의 목소리가 다시 들려오는 것 같았다.

'아빠!'

'우리 위피알 아빠는 새야!'

다시진 사람들이 손전등과 초롱불, 횃불을 켜 들고 동쪽 산으로 올라왔다. 긴 대열은 띄엄띄엄 이어져 무려 삼백 미터나 되었다. 제일 앞장서서 올라온 사람이 정상에 다다라 사방에 있는 산비탈로 손전등을 비추는 그 순간, 다른 쪽의 야트막한 산꼭대기에서 외할머니와 엄마가 위피알을 찾아냈다.

외할머니 손에 들린 손전등 불빛은 이미 아주아주 희미해져 있었다. 그러나 외할머니와 엄마는 자그마한 위피알의 형체를 알아보았다. 위피알은 후드득후드득 내리는 차가운 빗속에서 산꼭대기 조그만 나무 아래에 앉아 달달 떨고 있었다. 손에는 신발 한 짝을 든 채였다.

외할머니와 엄마는 위피알을 향해 달리다가 거의 동시에 넘어져 버렸다.

4. 시와 약

위피알은 새하얀 병상에 가만히 누워 있었다. 두 눈은 온종일 감겨 있었지만 완전히 꽉 닫히지는 않았다. 보일 듯 말 듯 아주 가늘게 틈이 있어서 잠깐 단잠에 빠진 것처럼 보였다.

다시진 마을의 장정이 위피알을 안고 산에서 내려왔다. 외할 머니는 위피알을 자기 집으로 데려가길 바랐지만 엄마는 기어코 위피알을 데리고 마을로 돌아갔다.

새벽녘이 되자 위피알의 몸에 열이 나기 시작했다. 체온이 금세 사십 도까지 치솟았다.

엄마는 외할머니에게 전화를 걸려다가 이내 포기했다. 그리고 직접 차를 몰아 현성(縣城, 현 정부의 소재지. '현'은 중국 행정

구역의 하나로 '성'과 '지' 다음의 3급 행정구이다: 옮긴이)에 있는 병원으로 데려갔다.

주사를 맞고 약을 먹고 수액을 맞은 위피알은 아침부터 밤까지 꼬박 하루를 집중관찰실에 있었다. 그런데도 체온은 떨어지지 않았고 열이 사십일 도를 넘나들기도 했다. 의사들은 위피알에게 각종 검사를 진행한 후 엄마에게 이야기했다.

"쓸 만한 약은 다 썼습니다. 이렇게 열이 계속되면 위험해요. 입원시키셔야 합니다."

위피알을 곁에서 종일 간호한 엄마는 초조해 죽을 지경이었다. 한시도 쉬지 못하고 물 한 모금 마시지 못해 목소리는 다 갈라진 데다 완전히 지쳐 있었다. 엄마는 얼빠진 사람처럼 멍한 채로 위피알의 입원 수속을 진행했다. 그리고 위피알이 병실로 옮겨지자마자 아이의 침상에 엎드려 그대로 잠들어 버렸다.

또다시 하루가 고스란히 지나갔다.

고열은 떨어질 기미가 보이지 않았다. 정신을 차리지 못하고 비몽사몽 중인 위피알은 마치 잠든 것 같았고, 계속 그대로 잠에서 깨지 않을 것만 같았다.

엄마는 수시로 위피알 이름을 불렀다. 하지만 위피알은 아주 가끔 눈을 뜨고 엄마를 바라볼 뿐, 금세 다시 눈꺼풀을 무겁게 닫았다.

엄마는 더 견딜 수가 없었다. 외할머니에게 전화를 걸고 싶었지만 이번에도 그러지 못했다. 위피알이 깨어나지 못할수록 외할머니를 향한 엄마의 원망은 깊어졌다.

외할머니는 그날 저녁에야 위피알이 입원했다는 소식을 듣고 현성에 있는 병원으로 한달음에 달려왔다.

외할머니는 엄마에게 못마땅한 눈길을 보냈다. 엄마는 병실 밖으로 자리를 피했다.

외할머니가 위피알의 침대 옆에 있는 의자에 앉았다. 위피알 이마에 손을 얹은 외할머니는 펄펄 끓는 열기에 화들짝 놀랐다. 위피알 손목을 이불 밖으로 살짝 꺼내 맥을 짚었다. 위피알의 심장이 다급하게 그리고 종잡을 수 없이 뛰고 있었다. 때로는 세차게, 때로는 흐릿하게 뛰는 박동이 점점 작아지는 것 같았다. 외할머니의 얼굴에 근심이 가득했다. 살며시 이름을 불러 보았다.

"위피알, 위피알!"

위피알은 목소리를 들은 것 같았지만 눈을 뜨고 외할머니를 보지는 못했다.

외할머니가 위피알을 돌보는 동안, 엄마는 복도에 있는 긴 의
자에 앉아 있었다. 표정은 어두웠고 눈에는 생기가 돌지 않았
다. 엄마는 위피알을 어떻게 해야 할지 도무지 알 수가 없었다.
아무런 생각도 떠오르지 않았다.

처음부터 외할머니에게 도움을 청할 수도 있었다. 의사니까,
더군다나 실력이 좋기로 이름난 의사니까. 그게 아니라도 최소
한 외할머니와 대책을 상의할 수도 있었다. 하지만 엄마는 그러
기 싫었다. 외할머니가 무엇이라도 좌지우지하는 게 싫었다. 이
렇게 오랜 세월이 흘렀건만, 다시진 마을에 있는 남의 집에서
혼자 위피알을 데리고 세 들어 살더라도 외할머니와는 절대 함
께 살고 싶지 않았다. 산기슭에 있는 외할머니 집은 아주 널찍
하고 풍경이 아름다운데도 말이다.

그 이후 며칠이 지나는 동안에도 두 사람은 번갈아 가며 묵
묵히 위피알 곁을 지킬 뿐, 서로 어떤 말도 주고받지 않았다.

위피알은 여전히 깨어나지 못했다.

이윽고 엄마가 외할머니에게 말했다.

"돌아가세요."

외할머니는 엄마에게 일언반구 대꾸도 없이 복도의 긴 의자
에 우두커니 앉아 있었다.

그날 밤, 위피알을 간호하던 엄마는 병실 밖으로 나갔다가 복
도 의자에 앉아 그대로 잠이 든 외할머니를 발견했다. 고개를
푹 수그린 탓에 얼굴은 보이지 않고, 온통 희끗희끗해진 머리만
눈에 들어왔다. 엄마는 저도 모르게 가슴이 찡했다. 입고 있던
카디건을 벗어 외할머니 등에 살그머니 올려놓는 사이, 눈물이
엄마의 메마른 얼굴을 타고 주르륵 흘렀다. 엄마는 바로 위피알
에게 돌아가지 않고 외할머니 곁에 앉았다. 원래도 왜소했던 외
할머니 몸이 이제는 한 줌밖에 안 되었다.

의자 맞은편에는 커다란 창문이 있어서, 작은 도심 위 하늘
에 걸린 달이 느릿느릿 미끄러지는 모습이 보였다.

엄마는 달을 바라보았지만 속마음은 외할머니 생각으로 꽉
찼다. 예전에 외할머니는 그 누구도 함부로 거스를 수 없는 사
람이었다. 지금 옆에서 곤히 잠든 외할머니는 새끼 고양이처럼
얌전하고 조용해 보이지만, 엄마의 귀에는 그 무엇보다도 강렬
한 마음의 소리가 들려왔다.

엄마는 잠깐잠깐 고개를 숙여 외할머니를 보았다. 조금 당황

스럽기도 했다. 이렇게 작디작은 체구에서 어떻게 그런 강인함이 나오는지! 위피알의 외할아버지는 엄마가 두 살 때 세상을 떠났다. 외할머니는 혼자 힘으로 집안을 일으켰다. 홀로 의사일에 엄마 역할까지 도맡아 한 것이다. 외할머니는 엄마를 위해 다시진 전체에서 가장 크고 튼튼한 집을 지었다. 그러나 그 집은 엄마에게 절대 벗어날 수 없는 봉쇄된 성이 되고 말았다.

외할머니는 마치 어미 닭 같았다. 딸을 보살핌이 필요한 어린 병아리로만 여겼고, 큰 날개를 펼쳐 그림자 속에 딸을 가뒀다. 딸이 자신의 그늘 밖으로 나가면 얼른 다시 날개 밑으로 거둬들였다. 결국, 엄마는 스무 살이 되자마자 외할머니의 뜻을 거역하고는 어렵사리 자신만의 길을 가기 시작했다. 외할머니는 침묵으로 일관했다. 무려 삼 년이나. 외할머니의 침묵은 태산처럼 무겁게 엄마를 짓눌렀다. 마침내 승리한 쪽은 외할머니였다. 어느새 소중한 것을 다 잃고 돌이킬 수 없게 되었음을 깨달은 엄마는 결심을 굳히고 그 큰 집에서 나와 버렸다.

당직 간호사가 복도를 지나갔다.

엄마는 외할머니 몸에 덮었던 카디건을 슬며시 여며 주고는 작게 한숨을 내쉬고 위피알 곁으로 돌아갔다.

위피알은 새하얀 병상에 가만히 누워 있었다. 두 눈은 온종일 감겨 있었지만 완전히 꽉 닫히지는 않았다. 보일 듯 말 듯 아주 가늘게 틈이 있어서 잠깐 단잠에 빠진 것처럼 보였다. 얼굴에도 병색이라고는 없었다. 심지어 발그레하게 홍조를 띠고 있었다. 단지 깨어나지 않을 뿐.

세상은 가을에서 겨울로 변하는 중이었다. 창밖 오동나무에는 말라비틀어진 낙엽 몇 개가 겨우 매달려 있었다.

무성한 나뭇잎 사이를 폴짝폴짝 뛰놀던 참새 떼는 이제 숨을 곳을 찾지 못하고 가지 끝에 가만히 앉아 있었다. 더는 신나게 뛰어다니지 못하는 참새들은 목을 잔뜩 움츠린 채 지루하게 시간을 보낼 뿐이었다. 그러다 갑자기 순식간에 날아올라 바람처럼 휘리릭 사라져 버렸다. 바람 때문인지, 아니면 어디로 가면 배불리 먹을 수 있다는 소식이 들려와서인지는 알 수 없었다. 잠시 후, 다시 돌아온 참새들은 아까처럼 가지 끝에 한 마리씩 자리를 잡았다.

여기저기서 울리는 자동차 경적 소리가 갈수록 썰렁해지는 공간을 메우며 멀리 퍼져 나갔다. 짙은 녹음이 길거리를 채웠을 때보다 훨씬 더 크고 우렁찬 소리였다.

현성에서 이십 킬로미터 남짓 떨어진 곳에는 작은 공항이 있었다. 그래서 하루에도 몇 번씩 비행기가 도시 상공을 맴돌았다. 매일같이 비행기를 보던 사람들도 우레 같은 굉음이 평소보다 더 시끄럽게 들리자 고개를 들어 하늘을 올려다보았다. 그렇게 세상은 겨울을 향해 느리지만 천천히 그 걸음을 옮기고 있었다. 계절은 데굴데굴 구르고 빙빙 돌고 울고 웃고 외치고 흥얼거리고 한숨을 쉬면서도 계속 나아갔다.

그러나 그 모두가 위피알과는 상관없는 일이었다. 아이는 혼자 딴 세상으로 훌쩍 떠나 버렸거나, 아니면 지금 막 딴 세상을 향해 가려는 사람 같았다.

외할머니와 엄마는 밤낮을 가리지 않고 위피알 이름을 불렀지만 대답은 없었다. 이미 너무 멀리 가서 그녀들의 외침을 듣지 못하는 건지도 몰랐다.

그렇게 보름이 흘렀다.

외할머니가 결국 엄마에게 물었다.

"여기 이렇게 계속 둘 거니?"

엄마는 도전적인 눈빛으로 외할머니의 버석한 얼굴을 쳐다보았다.

'뭘 하시려고요?'

"데리고 돌아가고 싶구나. 다시진으로. 내 집으로……."

엄마는 외할머니의 생각에 절대로 찬성할 수 없었다. 여전히 눈빛만으로 외할머니의 뜻을 거부했다.

'꿈도 꾸지 마세요!'

외할머니도 자신의 의견을 굽힐 마음이 조금도 없었다. 엄마는 그저 고래고래 소리를 지르고 싶은 심정이었다.

'당신만 아니면, 얘가 여기 누워 있지도 않았어! 지금 일어난 모든 게 다 당신 때문이야! 전—부—다!'

그러나 엄마는 외할머니의 희끗희끗하고 푸석한 머리카락을 보면서 가까스로 자기 자신을 다잡았다. 감정을 주체하지 못하고 터트리면 원한 가득한 마음이 둑을 무너트리고 콸콸 넘쳐흘러 버릴 것만 같았다. 그러면 결국 히스테리를 부리고 눈물을 펑펑 쏟게 될 것이다.

위피알이 혼수상태에 빠진 지 삼 주째 되던 날이었다. 엄마가 복도 의자에서 잠시 눈을 붙인 틈을 타, 외할머니는 몰래 위피알의 퇴원 수속을 마쳤다. 사실 병원에서도 내심 위피알이 집으로 돌아갔으면 했지만 말을 꺼내지 못하고 있었다. 외할머니가 의술이 뛰어난 시골 의사라는 사실도 이미 알고 있었다. 그래서 외할머니가 우리는(외할머니는 병원에 '나는'이 아니라 '우리는'이라고 말했다.) 위피알을 집으로 데려가고 싶다는 이야기를 꺼냈을 때, 의사들은 흔쾌히 허락해 주었다.

잠에서 깬 엄마가 병실로 들어가 위피알이 없는 걸 발견했다. 그때는 이미 외할머니가 비싼 돈을 주고 부른 고급 택시에 위피알을 태우고, 현성에서 다시진으로 통하는 고속도로 위를 질주하는 중이었다.

엄마는 제정신이 아닌 채로 외할머니를 급히 쫓아갔다. 위피알은 평소 외할머니 집에 오면 자던 침대에 고이 누워 있었다. 외할머니가 위피알을 위해 특별히 신경 써서 마련한 침대였다. 위피알이 오지 않는 날에도 매일같이 그 침대에 잘 준비를 해 두곤 했다.

엄마가 외할머니에게 고함을 질렀다.

"무슨 자격으로 이래요?"

"내 외손자니까!"

"내가 애 엄마예요!"

"그리고 너는 내가 낳은 자식이지!"

엄마는 폭발하고 말았다.

"애 아빠를 그렇게 쫓아내 놓고, 이제는 설마……."

뒤에 덧붙이려던 '내 아들까지 죽일 셈이에요?'라는 말은 외할머니의 말에 가로막혔다.

"난 안 쫓아냈어!"

"쫓아낸 거예요!"

"난 그냥 얘기만 한 거야. 내 딸하고 전혀 어울리지 않는 자네가 내 딸의 창창한 앞길을 다 망쳐 버렸다고! 그랬더니 그 몇 마디에 너를 버리고 간 거야. 혼자서 저 멀리 날아가 버린 거라고!"

외할머니는 차갑게 웃고 덧붙였다.

"흥, 그 사람 마음속에 너는 이 정도밖에 안 됐던 거야!"

외할머니가 엄지손가락으로 새끼손가락 마디 끝을 짚어 보였다.

"그 사람도 남자예요! 게다가 아주아주 예민한 남자였다고요! 그렇게 지독한 말로 그 사람 자존심을 철저하게 짓밟았으니 떠날 수밖에요!"

"말도 안 되는 소리 하지 마라! 내가 뭘 그렇게 지독한 말을 했다고!"

"했잖아요!"

"알았어, 알았어. 내가 했다, 했어! 그래, 나는 그 녀석이 싫었어. 변변한 직업도 없이 빌빌거리면서 온종일 산에서 숲에서 어슬렁거리는 게 일인 놈이 내 딸을 데려간다니!"

엄마는 쓴웃음을 지었다. 직업도 없이 빌빌거리는 게 아니라 자연을 관찰하는 것이라고 이미 무수히도 설명했었다. 그러나 외할머니는 당최 귀담아들으려 하지 않았고, 오로지 한 가지 사실만을 뼛속 깊이 새겼다. 외할머니가 마침내 그 일을 입에 올렸다.

"이런저런 소리 하지 마라. 나는 그 녀석이 네 의대 공부를 망친 것밖에 기억 안 나니까."

"그건 내가 여길 떠나고 싶지 않아서 그랬던 거잖아요. 다시 진을 벗어나기 싫어서! 그렇게 여길 나가고 싶었으면 직접 떠나지 그랬어요?"

외할머니는 엄마를 비웃었다.

"내 딸이 날 데리고 가 주길 기다렸지! 그런데 그 녀석을 따라 산을 타고 숲을 뒤지고 다니는 것 말고는, 종이에 뭘 끄적거리는 것밖에 할 줄을 모르더라고!"

"시를 쓰는 거예요!"

"시고 나발이고 나는 몰라! 내가 아는 건 약재뿐이고, 사람 목숨 살리는 것뿐이야!"

엄마는 침대 위에 가만히 누워 있는 위피알을 흘깃 보았다.

"이러다 애가 당신 손에 죽고 말 거야."

"병원에서 죽느니 차라리 내 집에서 죽는 게 낫겠지."

"쟨 여길 싫어한다고요!"

"좋아해. 내가 다 물어봤어. 여기가 너무 좋다더라. 그래서 내가 원래 이 집을 네 엄마한테 주려고 했는데, 엄마는 싫어했다고 알려 줬지. 그리고 이 집을 갖고 싶냐고 물었거든. 그랬더니 '외할머니, 저는 갖고 싶어요!'라고 했어."

외할머니 목소리가 떨리며 눈가가 촉촉하게 젖어 들었다. 외할머니는 위피알에게 다가가 손자의 얼굴을 어루만졌다.

"현성의 병원에 있는 건 할미한테도 다 있단다. 병원에서 할 수 있는 건 할미도 전부 해 줄 수 있어. 그런데 할미한테 있는 게 병원에는 없어. 할미가 할 수 있는 걸 현성의 병원에서는 못 한단 말이야. 그러니까 이 할미가 널 구해 낼 거다. 위피알을 살릴 거야. 내 손주를 살려 낸다고⋯⋯."

위피알보다는 엄마더러 들으라고 하는 말이었다.

외할머니는 엄마를 흘긋 보고는 다시 위피알에게 눈길을 보냈다.

"제 아들도 필요 없다는 인간이 무슨 아빠라고!"

엄마는 곧바로 반박했다.

"그 사람은 위피알이 생긴 걸 알지도 못하고 떠났어요!"

이미 엄마에게 수도 없이 들었지만, 외할머니는 전혀 기억나지 않는 척 고집스럽게 자기 생각만 이야기했다.

그렇게 한참 입씨름이 이어진 후, 지친 외할머니가 엄마에게 딱 잘라 말했다.

"그래. 나야 외할머니일 뿐이고 애 엄마는 너니까 결정권은 너한테 있겠지. 계속 병원 침대에 눕혀 놓고 싶으면 당장 병원으로 데리고 가라!"

외할머니는 자기 방으로 들어가 버렸다.

엄마는 위피알 곁에 앉아 외할머니가 방에서 훌쩍이는 소리를 들었다. 고집을 꺾을 수밖에 없었다.

엄마가 한때 오랫동안 쓰던 방은 예전 모습 그대로 깔끔했다.

몇 년이나 안 들어갔는데도 그랬다. 위피알 곁을 지키려면 외할머니 집에 머물 수밖에 없었다. 그러나 창고 바닥에서 잘망정 그 깨끗한 방에는 절대 들어가고 싶지 않았다.

다음 며칠 동안, 외할머니는 딱 한 가지 일만 했다. 위피알 곁에서 위피알이 깨어나도록 하는 것이었다.

외할머니는 수없이 많은 사람의 생명을 살린 방법들을 총동원했다. 직접 만든 약과 여러 해 간직해 온 특별한 약재를 써서 위피알이 깨어나도록 전심전력을 다했다. 불 옆을 지키며 수십 가지 약재를 손수 달여 탕약을 만들었고, 엄마를 시켜 위피알의 입 안으로 흘려 넣도록 했다. 외할머니는 손자를 다시 이 아름다운 세상으로 돌아오게 할 수 있는 건, 까마귀 봉 일대의 산에서 나는 약초뿐이라고 믿었다.

닷새가 지나간 아침. 해는 산에 가려졌지만 허공에 반사된 천 갈래 만 갈래의 햇빛에 동쪽 산이 금빛으로 빛났다.

위피알 곁에 누워 있던 외할머니는 옆에서 꼼지락거리는 것을 어렴풋이 느끼고는 다급하게 일어나 앉았다. 외할머니 눈에 들어온 것은 그 어느 때보다도 더 반짝반짝 빛나는 위피알의 눈이었다. 지붕에 난 창문을 통해 비치는 하늘이 아이의 커다란 두 눈 속에 가득 담겨 있었다.

창문 너머 하늘에는 새가 날고 있었다.

위피알의 발그스름한 입술이 서투르게 들썩였다.

"아빠는 새야……."

그 순간, 외할머니는 어쩐 일인지 깜짝 놀라지 않았고 '헛소리'라며 타박하지도 않았다. 그저 위피알과 함께 하늘 위의 새를 바라볼 뿐이었다.

5. 그라피티

몸집도 길이도 제각각에 서로 다른 자태와 다양한 색의
깃털을 뽐내는 새들이 잇달아 벽에 모습을 드러냈다.

스무엿새 동안이나 혼수상태에 빠져 있던 위피알이 다시진에
다시 모습을 드러냈다. 언뜻 보기에는 이전과 다름없어 보였다.
야윈 탓에 눈이 좀 더 커 보였을 뿐이었다. 그러나 오래되지 않
아 사람들은 알게 되었다. 위피알은 예전보다 더 사람들과 거리
를 두었다. 평범하게 길을 걷거나 다시진 아이들과 함께 서 있
을 때도, 그 흔들리는 눈빛은 완전히 자신만의 세계 속에 빠진
사람과 같았다.

엄마와 외할머니의 눈에는 더 분명하게 보였을 것이다. 위피알은 가파른 산길을 힘겹게 오르는 외발자전거 같았다. 갑자기 동력을 잃어버리더니 두세 살짜리 아이로 되돌아가 버렸다. 머릿속을 가득 채운 기발한 상상과 포기를 모르는 강한 의지가 위피알을 더욱더 어린아이로 보이게 했다. 게다가 이 고집불통 세 살배기는 성질마저 고약했다. 하지만 그녀들은 금세 깨달았다. 위피알은 그 어느 또래 아이보다 더 예민하고 똑똑한 아이였다. 똑똑한 정도가 아니라 가히 천재라 부를 만큼 총명했다.

위피알이 낙서를 시작한 것은 섣달 그믐날 밤이었다.

그날, 엄마는 그 장편의 시를 고쳐 썼다. 그리고 눈 위에 난 발자국을 따라서 집 뒤쪽 넓은 눈밭으로 가 위피알을 찾아냈다. 위피알은 몸을 푹 수그린 채 나뭇가지로 눈 위에 무언가를 그리고 있었다. 다가가 살펴보니, 새하얗게 반짝거리는 눈 위에 그린 건 각기 다른 새 대여섯 마리였다. 새를 유심히 보던 엄마는 그대로 얼어붙었다. 위피알이 그린 눈밭 위의 새가 너무도 생생했기 때문이다!

위피알은 엄마가 놀라거나 말거나 여전히 그림에만 몰두했다.

엄마는 아무 말도 하지 않고 한쪽에 서서 가만히 지켜보았다. 큰 새, 작은 새, 가만히 서 있는 새, 날개를 활짝 펼친 새, 그리고 막 날아오르려고 하는 새 두 마리였다.

위피알이 쥔 나뭇가지에서 마지막 새 한 마리가 점차 모습을 드러냈다. 구름 낀 하늘을 향해 로켓처럼 솟구치는 새였다.

엄마는 위피알의 '작품'을 보고 또 보았다. 눈밭 위의 새 그림은 처음 본 순간부터 엄마 마음속에 작품으로 자리 잡았다. 미숙하고 서툰 그림이지만, 이렇게 생동감 있는 작품이 언제부터 아이의 머릿속을 차지했는지 전혀 감을 잡을 수 없었다. 그림을 한 번도 그려 본 적이 없는 아이인데도 말이다!

하늘에서 눈송이가 나풀나풀 내려오기 시작했다.

엄마는 위피알 곁에 쪼그리고 앉았다.

"눈 오네. 집에 들어가자."

"싫어!"

위피알은 계속 그림 그리기에 열중했다. 눈앞에 있는 텅 빈 눈밭을 전부 새 그림으로 채우기라도 할 기세였다.

눈발이 갈수록 거세졌다. 엄마는 멀리 내다보았다. 어지럽게 흩날리는 눈으로 사방이 벌써 희뿌옇게 흐려졌다. 백설이 소복이 내려앉은 까마귀 봉은 이제 까만 봉우리가 아닌 새하얀 봉

우리였다.

"집에 가야 해!"

"싫어!"

자꾸만 내려앉는 눈 때문에 새 그림도 흐릿해지고 있었다. 조금 전까지는 선명하던 새의 모습이 이제는 꿈속에서 헤매는 듯 몽롱해졌다. 그러나 그것도 나름대로 보기 좋았다. 엄마는 어느새 눈발이 굵어지고 있다는 사실도 까맣게 잊어버리고는 그림이 눈으로 덮이는 광경을 넋 놓고 바라보았다. 엄마 눈에는 그 모습이 그렇게 낭만적일 수가 없어서 추위도 아랑곳하지 않고 위피알 곁을 지켰다.

위피알은 자기가 그린 새를 사정없이 덮어 버리는 눈송이에 약이 오른 듯, 눈이 내리면 내릴수록 더 열심히 그림을 그렸다.

엄마는 결국 아이를 강제로 데려가야겠다고 마음먹었다.

"위피알, 이젠 정말 가야 해!"

엄마는 위피알의 팔을 붙잡아 질질 끌고 집으로 향했다.

위피알은 어느새 그림에 대해 까맣게 잊어버렸다. 끌고 끌려가는 걸 엄마와 함께 하는 놀이라고 여겼다. 위피알은 입으로 차가운 눈송이를 받아먹으면서 즐겁게 소리를 질렀다.

엄마도 금세 장난에 동참했다. 한 손으로 위피알의 팔뚝을 붙잡은 채 몸을 뒤로 젖히기도 하고, 위피알의 다리를 잡아 손수레를 끌 듯 앞으로 잡아당기기도 했다. 잠시 후에는 위피알을 바닥에 앉히고 양어깨에 손을 올린 후 집까지 밀어서 데려갔다. 그 정도 놀이는 식은 죽 먹기였다. 위피알은 거품처럼 가벼웠으니까.

다시진 사람들은 펑펑 내리는 눈 속에서 뛰노는 모자를 보고 이렇게들 이야기했다.

"엄마하고 아들이 똑같네. 어른이나 아이나 제정신이 아니야."

다음 날, 엄마는 현성에 가서 미술용품을 왕창 샀다. 팔레트, 크고 작은 튜브에 담긴 물감, 다양한 붓, 두터운 종이 뭉치……. 그림 그릴 때 필요한 것이라면 한 푼도 아끼지 않고 다 사들였다. 그렇게 가져온 미술용품을 전부 위피알에게 건넸다.

"아들아, 마음껏 그려 보렴!"

그날부터 위피알은 온종일 집 안에만 머물렀다. 유일한 관심사는 새를 그리는 일이 되었다. 다른 일에는 전혀 관심이 없었다. 위피알은 종이 위에 물감을 제멋대로, 자유롭게 칠했다. 그림 속 새들을 실제로 봤는지 아니면 상상 속 새들인지는 알 수 없지만 어쨌든 그림에 꽤 심취한 모습이었다.

그런데 엄마가 도저히 이해할 수 없는 게 있었다. 닮은 듯 다른 그 새들이, 전부 자신이 예전에 봤던 새들이라는 사실이었다. 심지어 어떤 새의 깃털 묘사는 진짜 그 새의 깃털과 색을 그대로 옮겨 놓은 것만 같았다.

엄마는 그림들을 벽에 붙여 놓았다. 며칠 만에 집 안의 벽 네 곳이 그림으로 가득 찼다. 좀처럼 바깥출입을 하지 않는 두 사람은 새의 세상 속에서 하루하루를 보냈다.

봄이 왔다. 위피알은 더는 종이 위에 새를 그리는 것으로 만족하지 않았다. 문, 옷장, 책장, 찬장 위에까지 그림을 그렸다. 엄마는 제지하지 않고 그리고 싶은 대로 그릴 수 있게 내버려 두었다. 위피알의 그림은 계속 이어져 집 바깥으로 나왔다. 나무에도 벽에도 길가에 버려진 낡은 마차에도 그림이 그려졌다.

어느 날, 엄마는 따뜻한 봄볕 아래에서 위피알이 벽에 그린 커다란 새를 보다가, 문득 예전에 보자마자 마음에 쏙 들었던 '그라피티(graffiti)'라는 예술 장르가 떠올랐다. 그라피티는 벽에 낙서처럼 개성적이고 큼지막한 그림을 그리는 것을 말한다. 그라피티를 그리는 사람들은 자기 그림만큼이나 독특하고 개성 넘쳤으며, 몰래 그림을 그리다가 누군가에게 발각되면 재빨리 도망쳤다. 그렇게 실랑이하는 게 힘들어서 아예 그들이 자유롭게 그림을 그리도록 내어 준 벽도 있다. 그런 벽을 '그라피티 월(graffiti wall)'이라고 불렀다.

엄마는 두 사람이 사는 이 집의 바깥쪽 벽 네 군데를 위피알의 그라피티 월로 만들겠다고 결심했다.

엄마는 차를 몰아 현성에 갔다. 이번에는 그라피티를 위한 도구를 잔뜩 사 왔다. 그라피티 전용 래커 캔 스프레이 오륙십 개였다. 엄마의 차 트렁크가 꽉 들어찼다.

위피알은 선생님도 없이 모든 걸 혼자 터득했다. 색색의 래커가 '치익' 하고 무지갯빛으로 뿜어져 나오면, 잔뜩 흥분한 아이는 "와아!" 하고 탄성을 질렀다. 처음에는 칠이 엉망이었지만 래커를 어떻게 다뤄야 하는지 알기까지 오래 걸리지 않았다.

문 옆쪽 벽에 첫 번째 새가 나타났다. 긴 치마를 입은 엄마는 갓 우린 녹차 한 잔을 들고 등나무 의자에 앉았다. 그리고 한마디 말도 없이 반나절이나 새 그림을 감상했다. 그날은 봄바람이

훈훈하고 햇볕도 따뜻하게 내리쬐었다. 엄마는 불현듯 본인이 쓴 장편 시가 떠올랐다.

'저건 내가 쓴 시에 나오는 새잖아?'

시 팔십구 행에 저 새가 등장했던 것이 기억났다. 그 새를 팔 년 전에 까마귀 봉 뒤쪽 관목숲에서 보았던 기억도 함께 떠올랐다. 엄마는 눈앞에 펼쳐진 광경을 보고도 믿을 수가 없었다. 그래서 새 그림을 보던 시선을 거두어 일곱 살배기 위피알을 보았다.

'이 아이는 어쩜 이렇게 놀랍고 불가사의할까! 이 새들을 어떻게 알고 있지? 어릴 때부터 혼자 뒤뜰이나 앵두나무 아래에 앉아 있더니, 온종일 하늘, 풀밭, 산봉우리를 바라봐서 알게 된 걸까?'

엄마는 위피알의 눈빛이 어떠했는지를 더듬어 보았다.

'세상 곳곳을 살피며 항상 무언가를 찾아 헤매는 눈빛, 그게 새를 보는 것이었을까?'

위피알이 훨씬 더 어렸을 때 품에 안고 거닐면, 아이의 머리는 하늘로 향하는 레이더처럼 쉬지 않고 이리저리로 움직였다. 엄마는 저도 모르게 위피알에게서 장편 시에 나오는 어떤 남자를 떠올렸다. 여자 주인공을 데리고 깊은 산과 숲속으로 들어가 온갖 새들을 보여 주는 멋진 남자 주인공이었다. 어느새 엄마의 눈가와 가슴이 함께 촉촉해졌다.

몸집도 길이도 제각각에 서로 다른 자태와 다양한 색의 깃털을 뽐내는 새들이 잇달아 벽에 모습을 드러냈다. 며칠이 지나지 않아 집 안팎 곳곳이 빈틈없이 채워졌다.

엄마는 아침부터 저녁까지 무언의 기쁨에 젖어 있었다. 위피알이 만들어 낸 새의 세상은 그녀가 행복했던 시절, 겨우 삼 년도 안 될 만큼 짧았던 그 시절로 데려다주었다.

벽 네 곳을 금방 채운 위피알은 더는 거기에 만족하지 못했다. 위피알은 마을에 있는 벽에도 그라피티를 하고 싶어 했다. 이번에도 엄마는 위피알을 말리지 않았다. 심지어 위피알이 그림을 그릴 때 망보기를 자처했다. 위피알은 오가는 사람이 적은 골목에서 그림을 그렸고, 엄마는 골목 한쪽 입구에 서서 누가 오는지를 지켜보았다. 그러다가 누가 골목 입구에 들어서면 재빨리 뛰어가 미리 준비한 천 주머니에 위피알과 함께 스프레이 캔을 와르르 쓸어 담고 외쳤다.

"도망쳐!"

골목에서 도망칠 때면 너무도 떨리고 긴장되었다. 그러나 두 모자는 이런 긴장감을 즐겼다. 엄마는 긴 치맛자락을 커다란 새의 날갯짓처럼 펄럭이며 도망쳤다. 콩콩거리는 발소리와 함께 헉헉대는 숨소리와 엄마가 깔깔깔 웃는 소리가 울려 퍼졌다. 망을 보고 도망을 가는 것이 둘에게는 모두 재미난 놀이였다.

위피알이 그린 기이하고 신비한 그림은 금세 사람들의 관심을 끌었다. 한 명이 열 명이 되고 열 명이 백 명으로 불어났다. 으슥한 골목 벽에 아주 많은 사람이 찾아와 그림을 구경했다. 다시진에는 이런 그림을 봤던 사람이 하나도 없었다. 그들은 이런 그림이 세상에 있다는 걸 상상조차 하지 못했다. 그 그림은 거부할 수 없는 매력으로 사람들을 끌어당겼지만, 한편으로는 불안하게 만들기도 했다. 이 그림이 아무도 모르게 갑자기 나타났고, 어떻게 이곳에 있게 되었는지 알 수 없다는 점이 문제였다. 사람들의 마음에 신비감을 안겨 준 그림은 온갖 기괴한 상상과 추측을 낳았다.

얼마 후, 마을 사람들은 다른 장소, 그리고 또 다른 장소에 비슷한 그림이 연달아 나타난 것을 발견했다. 곧 다시진 사람들 모두가 그라피티를 보게 되었다.

위피알의 집 벽에 이런 그림이 이미 가득하다는 걸 누군가 진작 알았다면? 동네 벽에 있는 그림의 정체를 쉽게 눈치챘을 것이다. 그러나 위피알의 집은 마을 끄트머리에 있었고, 거기까지 가려면 잡초가 무성하게 자란 외진 길을 지나가야만 했다. 게다가 다시진 사람들은 이 모자에게서 보이지 않는 벽을 느꼈기에 굳이 그들의 집 근처로 지나다니지 않았다. 그 일대는 위피알과 엄마만의 세상이었다.

인적이 드문 길이라도 언젠가는 눈여겨보는 사람이 있기 마련이다. 얼마 후, 사람들이 그림 사건의 진상을 알게 되었다.

엄마는 집으로 쫓아온 사람들에게 원고료로 번, 적지 않은 돈을 손에 잡히는 대로 쥐여 주었다.

"그림이 담장을 망가뜨린 건 아니잖아요. 그림이 크게 방해되지 않거나 혹시나 마음에 들면 그대로 놔두시면 안 될까요? 만약 마음에 안 들면 죄송하지만 사람을 불러 새로 칠을 하세요. 이 돈이면 충분할 거예요."

돈을 받아 든 사람들 모두가 새 그림을 벽에 그대로 놔두었다.

6. 새하얀 벽

위피알은 그렇게 떠나가는 새들의 모습을 날마다 보면서
마치 키우던 새를 잃은 것처럼 슬퍼했다.

9월. 위피알이 학교에 다닐 때가 되었다.(중국은 우리나라와 달
리 새 학기를 9월에 시작한다: 옮긴이)

교장은 망설였다.

'받을까? 받지 말까?'

엄마가 유명한 시인이고 외할머니는 일대에서 명성이 자자한
시골 의사다. 그런 위피알에게 무슨 문제가 있겠는가? 딱히 문
제가 있지는 않다. 여느 아이들과 조금 다를 뿐이다.

'받자!'

위피알은 그렇게 신입생이 되었다.

위피알은 욕을 하거나 친구를 때리지 않았다. 누구와 싸우는 법도 없고 미움 살 일도 하지 않았다. 그런 위피알은 연꽃 잎사귀에 맺힌 물방울 같았다. 반짝거리며 잎사귀 위를 굴러다니지만 잎사귀와 한데 섞이지는 못하는 그런 존재. 선생님들과 학생들은 은근슬쩍 위피알을 이상한 눈빛으로 보았다. 그러나 위피알은 이상하게 볼 테면 보라는 듯이 사람들 시선에 아랑곳하지 않았다. 위피알의 관심사는 오로지 하늘, 들판, 나무, 그리고 각양각색의 새였다.

수업 시간에도 위피알의 마음은 다른 데에 가 있었고, 선생님 말씀도 듣는 둥 마는 둥 했다. 하지만 상관없었다. 수업을 그렇게 들어도 위피알의 숙제 점수는 언제나 백 점이었다. 선생님들은 삼 년 후에, 그러니까 4학년이 된 위피알이 다시진학교를 대표해 현성의 수학경시대회와 국어경시대회에 참가해서 일 등을 거머쥐고 사방팔방 떠들썩하게 유명해질 거라고는 상상도 하지 못했다.

나중에 그런 일이 일어나자 한 젊은 연구원이 위피알을 열흘

넘게 쫓아다니기도 했다. 위피알의 비범한 두뇌와 어렸을 때 스무엿새 동안 고열에 시달렸던 경험이 어떤 인과관계가 있는지 찾겠다는 것이었다. 그러나 그 일은 흐지부지 끝났다. 위피알에게는 딱히 특별한 점이 없을 뿐 아니라, 오히려 여러 면에서 다른 아이들보다 훨씬 뒤처져 있다는 걸 알게 되었기 때문이다. 간혹 어떤 생각이나 행동은 두세 살 아이나 할 법한 수준에 머물렀다. 어쨌든 이건 후일담으로 전해질 이야기였다.

교장이 당장 무엇보다 우려한 일은 위피알이 언젠가는 학교 담장에다 그라피티를 그려 놓지는 않을까 하는 것이었다. 다시진학교는 검은 기와와 흰 벽이 깔끔하고 정갈한 분위기를 풍겼다. 벽은 어디든 전부 새하얬다. 새하얀 벽을 제일 좋아하는 교장은 매년 새 학기를 앞두고 페인트공을 불러다 학교의 온 벽을 신경 써서 칠했다. 주변 학교에서 다시진학교에 참관하러 오는 것도 어떤 의미에서는 그 하얀 벽을 참관하러 오는 것이기도 했다. 다시진학교에만 이렇게 새하얀 벽이 있기 때문이다.

교장은 위피알의 엄마에게 신신당부했다.

"위피알이 학교에서 공부하게 해 드릴 수는 있습니다. 하지만 흰 벽에 낙서하는 건 안 됩니다."

엄마는 알겠다고 시원스레 대답했다. 이미 위피알에게 학교의 하얀 담장에 그림을 그려서는 안 된다고 단단히 일러두었으니까. 위피알은 고개를 끄덕이며 알겠다고 했다.

하루하루가 지나가고, 가을이 순식간에 깊어졌다. 일상이 평화롭게 흘러갔다. 하얀 벽들은 여전히 하얀 모습 그대로였다. 까마귀 봉 일대가 늦가을로 접어들면서 교장의 걱정도 차츰 사라져 갔다.

또다시 철새들이 대규모로 이동하는 시기가 돌아왔다. 새들은 작별 인사라도 하듯이 무리 지어 까마귀 봉 주위를 빙빙 맴돌았다.

해가 서쪽으로 뉘엿뉘엿 떨어지는 어느 저녁 무렵, 위피알은 멍하니 새들을 보고 있었다. 한 종류가 아니라 여러 종류의 새들을. 저 멀리 떨어져 있어서 어떤 새인지 하나하나 확실히 알아보기는 어려웠지만, 위피알은 알았다. 각기 다른 새들이 모여 이룬 새 떼가 까마귀 봉 위를 선회하는 중이었다.

그날 밤에도 위피알은 남쪽으로 떠나는 새 떼를 달빛 아래에 서서 지켜보았다.

연달아 며칠 동안 다시진의 상공은 떠나가는 철새 무리로 뒤덮였다. 겨울나기를 위해 떠날 필요가 없는 새들도 헤어짐이 아쉬운지 수시로 함께 날아올라 철새들을 배웅했다. 일 년 중에서 가장 많은 새를 볼 수 있는 시기가 바로 지금이다. 새들이 봄여름에는 울창하고 깊은 산 속에서 둥지를 짓고 알을 낳고 품어 새끼를 키우느라 바쁘기 때문이다. 그럴 때는 무성하게 우거진 나뭇잎에 모습이 가려져서 새들의 움직임을 볼 기회가 흔치 않다. 지저귀는 소리만 들을 수 있을 뿐이다.

위피알은 그렇게 떠나가는 새들의 모습을 날마다 보면서 마치 키우던 새를 잃은 것처럼 슬퍼했다.

엄마가 위피알을 다독였다.

"내년에 날씨가 따뜻해지면 새들도 다시 돌아올 거야."

엄마의 말에도 위피알은 속상했다. 위피알은 새들이 이별하며 서로 안타깝게 주고받는 소리를 다 알아듣는 듯했다. 공부에는 도통 마음이 가지 않았다. 수업을 들을 때에도 눈은 자꾸자꾸 창밖 하늘로 향했고, 귀에는 새들의 울음소리만 들렸다. 마치 교실이 아니라 앵두나무 아래에 자리 잡고 앉은 것처럼.

위피알이 그러거나 말거나 새들은 끼리끼리 무리를 지어 날아가 버렸다. 공중을 수놓던 새들이 사라지자 적막하고 썰렁한 하늘만 덩그러니 남았다. 까마귀 봉 주변에서 겨울을 나는 새들도 다가올 추위에 대비한 월동 준비에 바빠서 더는 다시진까지 날아오지 않았다.

세상이 고요해졌다.

위피알은 등굣길에 텅 빈 새하얀 담장을 보았다. 그러자 이 세상이 텅텅 비어 버린 게 견딜 수 없이 허전했다. 하얀 담장은 아주아주 길고, 엄청나게 높고, 눈부실 정도로 하얬다. 그 담장을 그렇게 하얀 공간으로 남겨 두어서는 안 된다는 고민이 깊어졌다. 심지어 그 하얀 담장은 마치 자기를 위해 준비된 것 같기도 했다.

어느 일요일 저녁이었다. 달이 동쪽 산으로 두둥실 떠올라 까마귀 봉으로 천천히 기울었다. 놀라울 정도로 커다란 달이 환하게 떠올랐다.

'달이 참 밝다!'

위피알은 기뻐했다. 엄마 눈을 피해 몰래 천 주머니에 스프레이를 챙기고는 의기양양하게 학교로 향했다. 대문이 잠겨 있어서 담을 넘어 안으로 들어갔다. 학교는 나뭇잎 떨어지는 소리마

저 들릴 정도로 조용했다. 위피알은 가방을 내려놓고 담장 하나하나를 따라 걸으면서, 자기 마음속에서 훨훨 날고 있는 새들을 각자 어느 자리에 머물게 할지 구상해 보았다.

집에 있는 그라피티 월에 그린 새들이 아니었다. 다시진 골목에 그린 새들도 아니었다. 벽에 한 번도 모습을 드러내지 않은 새들이었다. 그중에는 정말 아름다운 새도 있었다. 이름을 댈수는 없지만 위피알이 다 아는 새들이었다. 위피알은 가장 멋지고 보기 좋은 새들을 이 하얀 담장에 그려야겠다고 생각했다. 아무도 방해하는 사람이 없는 오늘 밤에 새 한 마리 한 마리를 아주 정성 들여서 그림으로 그리고 싶었다. 학교의 하얀 담장에 꼭 그렇게 하고 싶었다.

이 세상에 온전히 혼자인 듯한 고요함이 시종일관 위피알을 감쌌다.

위피알은 휘영청 밝은 달빛에 의지해 새를 한 마리씩 그려 나갔다. 밤바람에 실려 시간이 흐르고 흘렀건만 위피알은 지금이 어느 때인지 까맣게 잊었다. 마치 시간이라는 게 무엇인지도 모르는 사람처럼. 오로지 전심전력으로 새를 그리는 데에만 집중하느라 새와 함께인 이 시간이 어떻게 지나가는지 깨닫지 못했다.

담장 한 면, 한 면이 그림으로 채워졌다. 이제 남은 담장이 얼마 되지 않았다. 마지막 새의 날개 한 쌍을 완성한 위피알은 큰 벽에 기대어 그만 잠이 들었다.

그 시각 엄마는 외할머니에게 전화를 걸어 혹시 위피알을 데리고 있는지 물었다. 외할머니의 대답은 당연히 "아니."였다. 엄마는 수화기를 내려놓고 사방으로 위피알을 찾아다니기 시작했다. 그러나 설마, 몰래 담을 넘어 학교에 들어갔을 거라고는 생각도 하지 못했다.

다음 날 아침, 당직을 섰던 진 선생은 교문을 열기 위해 밖으로 나왔다. 그리고 벽에 그려진 새들을 발견했다. 이게 위피알이 벌인 일이라고 상상도 하지 못한 진 선생은 그림의 정체를 알지 못한 채 이런 생각을 했다.

'교장 선생님이 사람을 시켜서 어제오늘 사이에 그린 건가? 오늘 있을 참관을 위해서?'

오늘 오전에는 현성의 교육국 국장을 비롯한 사십여 명의 다른 학교 교장들이 다시진학교에 참관하러 오기로 되어 있었다. 그래서 학교의 모든 벽을 그저께 새로 하얗게 칠해 두었다.

진 선생은 이해가 되지 않았다.

"벽에 새를 이렇게 잔뜩 그려 놓을 거면서, 뭐 하러 굳이 칠을 했던 거지?"

그러다 담장 아래에서 잠든 위피알을 발견하고는 곧장 그 앞으로 다가갔다. 바닥에 온통 널브러진 래커 스프레이, 위피알의 손과 몸에 묻은 색색의 염료가 진 선생의 눈에 들어왔다. 문득 다시진 마을의 골목 벽면에 종종 나타났던 그라피티가 떠올랐다. 그 순간, 눈앞에 벌어진 광경이 어떻게 된 일인지 분명해졌다.

진 선생은 버럭 소리를 내질렀다.

"이 녀석! 네가 오늘 우리 학교를 망치려고 작정했구나!"

진 선생은 서둘러서 교장에게 전화를 걸었지만 통화할 수는 없었다. 교육국 국장과 다른 학교 교장들을 맞이하기 위해 이미 산 아래로 내려간 것이다.

교사들과 학생들이 속속 등교했다. 아이들은 벽에 그려진 새를 보고 신기하고 재미있다며 흥분했다. 동네 벽에서 보았던 그림이 이제 학교 벽까지 차지하다니! 그림은 동네에 있을 때와는 느낌이 완전히 달랐다. 아이들 생각에 새하얀 벽은 다시진학교 그 자체였기 때문이다. 다시진학교가 곧 그 하얀 벽이었고, 그

하얀 벽은 백 년이고 천 년이고 하얀 그대로일 것만 같았다! 그런데 지금 이 모습은…… 하하하! 아이들은 그 새하얀 벽에 그라피티 그림이 생긴 것이 싫거나 이상하기는커녕 어쩐지 고소하고 통쾌한 기분이 들었다.

반면, 교사들은 그렇지 못했다. 다들 초조함에 안절부절못했지만 속수무책이었다. 이걸 대체 어쩐다? 어쩌지? 어떡하냐고? 페인트칠로 가려야 하나? 너무 늦었다! 뭐로 가려야 하나? 이렇게 긴 담장과 곳곳에 있는 벽을 무엇으로 가린다는 말인가? 게다가 사람들은 하얗고 넓은 이 벽을 보러 오는 건데! 심지어 어떤 교사는 칼이나 삽, 혹은 쇳조각으로 그 새들을 전부 후벼 파고 긁어내 버리려는 생각까지 했다!

그동안 위피알은 잠에서 깨어 멍한 상태로 선생님들과 학생들을 바라보았다. 한 남자 선생님이 그 모습을 보고는 "푸흡!" 하고 웃음소리를 내고 말았다. 그러자 몇몇 여자 선생님도 뒤돌아서서 입을 가리고 몰래 웃었다.

교사들이 웃자 아이들도 하하, 호호 웃기 시작했다.

진 선생이 고함을 질렀다.

"뭐가 그렇게 웃겨!"

다들 웃음을 딱 그쳤다.

때마침 커다란 새 한 마리가 창공 위를 날았다. 아무도 발견하지 못했지만 위피알은 고개를 치켜들고 새를 보았다. 위피알을 따라 사람들도 모두 시선을 하늘로 향했다.

갑자기 위피알이 어느 벽 앞에 다가섰다. 그리고 그 벽에 있는 새를 가리키고 다시 하늘 위의 새를 가리켰다. 다시 벽에 있는 새를 가리키며 큰 소리로 외쳤다.

"쟤야! 바로 저 새예요!"

사람들은 자기도 모르게 고개를 올렸다 내렸다 하며, 하늘 위의 새와 그림 속의 새를 비교해 보았다. 정말 같은 새처럼 보였다.

위피알이 웃었다.

오늘은 참관일이라는 게 사람들 머릿속에 떠올랐다. 그러나 아무것도 모르고 천진난만하게 웃는 위피알의 얼굴을 보자, 다들 환하게 터져 나오는 웃음을 감출 수가 없었다.

사람들 웃음소리 속에 버스가 학교 정문 앞에 멈춰 섰다.

버스에서 제일 먼저 내린 사람은 교장이었다. 그는 출입문 앞에서 국장과 다른 학교 교장들이 모두 내리길 기다렸다. 그러고는 재빨리 국장 옆으로 다가가 공손하게 학교 안쪽으로 안내했다.

교장이 학교로 들어왔다. 그는 교무실과 교실에 있어야 할 교사와 학생들이 전부 밖에 나와 있는 모습을 보고 눈살을 찌푸렸다.

'이게 무슨 일이야!'

진 선생이 얼른 달려가 교장을 한쪽으로 끌어당기더니 귓속말을 했다.

이야기를 들은 교장의 얼굴이 점차 분노와 절망으로 바뀌었다. 교장은 다시 국장에게로 돌아갔다. 국장은 그가 진 선생으로부터 보고받는 동안 벌써 문제의 담장 앞에 가 있었다.

'망했다! 다 끝났어!'

교장의 마음은 고통으로 아우성쳤다. 할 수만 있다면 자신의 관자놀이를 주먹으로 몇 대 쳐 버리고 싶은 심정이었다.

교장이 국장에게 다가갔을 때, 국장은 때마침 새 그림을 보고 있었다. 고개를 갸웃거리며 왼쪽으로도 보고 오른쪽으로도 보고 또 뒷걸음질을 쳐서도 보았다.

교장은 어떻게든 국장을 이 담장에서 떼어 내 빨리 회의실로 데려가고 싶었지만, 국장은 두 번째 새 그림을 향해 뚜벅뚜벅 걸어갔다.

학생들은 교사들의 재촉으로 모두 교실로 들어갔다. 그러나 교사들은 그대로 서서 국장과 다른 학교 교장들의 반응을 묵묵히 지켜보았다.

국장은 안으로 들어가자는 교장의 안내를 들은 체 만 체하고, 이쪽 새에서 저쪽 새로 한 마리 한 마리 자리를 옮기며 그림을 살펴보았다. 다른 학교 교장들도 그 뒤를 따랐다. 그들은 때때로 벽에 있는 새를 가리키며 숙덕거리기도 했다.

교장은 국장이 그렇게 계속해서 새 그림을 보는 게 무슨 의미인지 도무지 알 수가 없었다. 다만 좋은 일이 아닐 거라는 건 확실했다. 국장은 그림을 전부 다 보고 나서 "엉망진창이군! 어떻게 된 겁니까, 하얀 벽이 하나도 없잖아요!" 하고 차갑게 쏘아붙일 것이 분명했다.

교장은 국장의 뒤꽁무니를 따라다니는 걸 포기하고 교사들과 함께 서서 묵묵히 기다렸다.

그사이, 연락을 받은 위피알의 엄마와 외할머니가 학교에 도착했다. 교장이 엄마를 보고 비아냥거리듯 인사했다.

"대단하신 시인 양반, 안녕하신지요."

교장의 태도가 이상하다고 느낀 엄마가 물었다.

"교장 선생님, 무슨 일이 있나요?"

"저 벽들 좀 보세요! 하얀 벽이 다 어디 갔죠? 새하얀 벽 말입니다!"

외할머니가 위피알을 데려왔다.

교장이 위피알을 흘긋 보고는 엄마에게 이야기했다.

"위피알이 하얀 벽에 그림 그리면 안 된다고 다 말씀드렸잖아요! 그렇게 하겠다고 약속하셨잖습니까! 차라리 더 일찍 그렸으면 몰라, 하필이면 이때 그림을 그리다니요!"

교장이 눈짓으로 국장과 다른 학교 교장들을 가리켰다.

"다시진학교를 참관하러 오신 분들이에요! 뭘 참관하냐고요? 하얀 벽 아니겠습니까?"

엄마는 모든 상황을 알아차리고 교장에게 허리를 숙였다.

"죄송합니다!"

그리고 고개를 숙인 채 외할머니에게 어서 위피알을 집으로 데려가라고 일렀다.

벽에 그린 새를 전부 보고 난 국장은 여전히 아무 말도 하지 않았다.

수업과 학생들의 공연 등, 다음 참관 일정이 이어졌다. 마지막으로 회의실에 모두 모여 국장의 평가를 듣는 시간이 되었다.

교장은 울상을 짓고 있었다.

국장이 인사말을 몇 마디 하고서 이야기를 시작했다.

"저는 미술 교사 출신입니다. 그건 다들 알고 계시겠죠. 오늘 다시진학교의 담장을 하나하나 보면서 느낀 기쁨과 설렘을 말로 다 표현할 수가 없네요. 다시진학교가 대단한 업적을 이루었다는 말씀만은 꼭 드리고 싶습니다. 더 많은 분이 와서 이 벽을 보게 만들겠습니다!"

국장이 교장을 보면서 이야기를 이어 갔다.

"다시진학교는 원래 벽이 전부 하얗고 깨끗했지요. 어땠나요? 그때도 좋았습니다. 하지만 저는 그게 너무 점잖고 차분한 건 아닌가 생각했습니다. 생기 없이 창백하게 느껴지기도 하고요. 자꾸만 사원이나 요양원이 떠오르더라고요! 학교는 말이지요, 활기차고 통통 튀는 아이들의 공간이잖아요. 명랑하고 시끌벅적하고 즐겁고 재치가 넘치는 곳이어야죠!"

국장은 감탄해 마지않았다.

"그래, 다들 어떻습니까?"

다른 학교 교장들도 감탄을 연발하며 칭찬을 쏟아 냈다. 전혀 예상치 못했다면서 엄지까지 치켜세웠다. 교장은 어안이 벙벙한 나머지 이게 꿈은 아닌가 싶었다.

국장이 교장에게 물었다.

"그림을 그린 사람은 누군가요?"

"위피알이라는 학생입니다."

국장이 깜짝 놀랐다.

"학생이요? 선생님이 아니라요?"

"학생입니다. 믿기지 않으시겠지만, 1학년 학생입니다."

국장이 당황했다.

"설마 우리가 천재 학생을 만나기라도 한 건가요? 부모님은 뭘 하는 분들이신가요?"

"아버지는 안 계세요. 아니, 계시지만 아이가 태어나기도 전에 멀리 떠나셨고요. 그분에 대해서는 아는 사람이 거의 없습니다. 어머니는 시인입니다. 산골 시인이죠."

"린나?"

"네."

"저도 압니다. 오늘 점심때 함께 식사하자고 청해 보죠. 제가 드릴 말이 좀 있어서요."

교장은 교사 한 명을 급하게 보내 위피알의 엄마를 데려왔다.

국장은 벽에 있는 그림을 입에 침이 마르도록 칭찬했다. 엄마는 교장을 힐끔 보았다.

"교장 선생님께 폐가 되지 않았다는 것만으로도 천만다행이에요."

교장이 민망한 듯 대답했다.

"제가 미처 감사 인사도 드리지 못했습니다."

국장은 엄마를 한쪽으로 불러 따로 이야기했다.

"아이에게 그림을 가르치세요. 그냥 두기에는 아까워요."

"하고 싶은 대로 그냥 막 그리는 건데요."

"다른 사람이 알려 준 대로가 아니라 마음껏 그렸기 때문에 재능이 드러날 수 있었던 거예요. 제가 아는 화가 친구가 있습니다. 일요일에 현성으로 애를 데리고 가서 그림을 가르쳐 달라고 하세요. 제가 부탁하면 틀림없이 해 줄 겁니다."

"감사합니다, 국장님."

엄마는 국장의 건의에 따라 일요일에 차를 몰아서 화가의 집으로 찾아갔다. 그런데 몇 차례 수업이 이어진 후, 화가가 엄마에게 이런 이야기를 했다.

"죄송합니다. 제가 가르칠 수가 없네요. 애가 다른 사물에는 전혀 흥미가 없어요. 오로지 새만 그리려고 해요. 나무를 그리라고 하면 그리는데, 꼭 새를 함께 그리려고 합니다. 나무 위의 새를 그리는 거죠. 하늘을 그리라고 해도 그리기는 하는데 또 새를 함께 그려요. 하늘을 나는 새를요."

엄마는 웃으면서 화가에게 연신 허리 숙여 "감사합니다." 하고 인사했다. 그리고 위피알을 데리고 다시진으로 향했다.

돌아가는 길에 엄마는 날아다니는 새를 찾으려고 창밖만 바라보는 위피알을 몇 번이나 쳐다보았다. 장편 시의 남자 주인공, 그 사람을 완전히 **빼다 박은** 아이였다. 마음이 따뜻하면서도 시큰거리며 촉촉하게 젖어 들었다. 그 순간 엄마는 위피알 이마와 뺨에 살며시 입 맞춰 주고 싶은 마음뿐이었다.

7. 깃털

어느 가을날 오후, 위피알은 동쪽 산기슭에 있었다. 새 몇 마리가
굽이굽이 이어진 골짜기 시냇가로 날아가는 모습이 보였다.
그쪽에서 하늘거리는 깃털 하나가 위피알 쪽으로 날아들었다.

3학년이 되자 위피알은 새 그림에 흥미가 살짝 떨어진 듯했
다. 그러나 사실은 흥미가 떨어진 게 아니라 그라피티를 할 곳
이 줄어들어 그렇게 보인 것뿐이었다.

고원에 있는 이 작은 마을의 주민들은 새하얀 벽을 더 좋아
했다. 고원 지대에서만 볼 수 있는 새파란 하늘과 그 아래의 하
얀 벽이 주는 산뜻함, 사람들은 그것에서 깨끗함과 편안함을
느꼈기 때문이다. 엄마가 사람들에게 많은 돈을 물어 주기는 했

지만 사람들도 이제 더는 위피알이 새하얀 벽에 '엉망진창'으로 낙서하는 걸 달가워하지 않았다.

할 수 없이 엄마는 위피알을 감시하면서 남의 집 벽에 새를 마음대로 그리지 말라고 경고했다. 어느덧 쑥쑥 자란 위피알 역시 말귀를 잘 알아들어서 다시는 엄마 말씀에 거역하는 행동을 하지 않았다. 그림이 꼭 그리고 싶을 때는 처음 방식대로 종이에 그렸다. 이제는 그림을 안 그려도 견딜 만한 듯, 연달아 며칠 동안 그림을 그리지 않고도 잘 지내는 것처럼 보였다.

그런데 엄마는 얼마 지나지 않아서 진짜 이유를 알게 되었다. 위피알은 똑같은 새를 반복해서 그리고 싶지 않았던 것이다. 눈에 띄거나 생각 속에 있는 새는 이제 거의 다 그렸다. 위피알이 다시 그림을 그리는 것은 새로운 새를 발견했을 때, 혹은 예전에 알던 새에서 한 번도 보지 못한 새로운 모습이나 자태를 포착했을 때였다.

그럼에도 위피알 마음속에서 가장 중요하고 그 누구도 침범할 수 없는 최고의 존재는 여전히 새였다. 그림은 예전만큼 자주 그리지 않았지만 새로운 취미에는 나날이 열을 올렸다. 바로 새의 깃털을 모으는 일이었다.

작년 봄, 외할머니 집에 가는 길에 우연히 깃털 하나(검은머리 방울새의 깃털이었다.)를 주웠을 때부터 위피알은 새의 깃털 수집에 열중하기 시작했다. 지금은 각기 다른 새의 깃털을 이백 개도 넘게 모았다. 그래서 집 안 곳곳의 벽, 대들보, 커튼, 교과서 사이, 필통 속, 램프 등에 놓아두고 붙여 두고 꽂아 두고 매달아 두었다.

엄마도 그중 예쁜 깃털 하나를 골라 가져갔다. 엄마는 그 깃털을 나무 필통에 꽂아 두었다. 짙푸른 빛 광택이 나는 검은색 깃털이었다. 손에 들고 햇빛 아래에서 천천히 움직이면 색깔이 계속해서 변했다. 엄마는 위피알에게 이 깃털이 밤색날개뻐꾸기의 꽁지깃 같다고 했다.

깃털 덕분에 엄마는 위피알이 처음 보는 이상한 글자들을 많이 알려 주었다. '참새 행(鴴)', '왜가리 미(鶥)', '참새 무(鵡)', '물새 새끼 몽(鸏)', '물새 옹(鶲)'처럼 다시진 사람들은 아무도 모르는, 심지어 본 적도 없을 것 같은 신기한 글자들이었다.

그러나 깃털의 주인이 누구인지는 엄마도 알려 줄 수 없는 게 대부분이었다. 장편 시 속에 나오는 남자 주인공은 분명 그 이름을 다 알겠지만, 그는 이미 오래전에 멀리 떠났고 지금까지

한 번도 소식을 전해 오지 않았다. 생각이 거기에 닿는 순간 엄마는 슬픔에 젖은 눈길로 창밖의 까마귀 봉을 바라보았다. 그리고 꽤 오랫동안 자신의 시, 다시진, 골목 끝 집, 그리고 위피알에게로 돌아오지 못했다.

어느 가을날 오후, 위피알은 동쪽 산기슭에 있었다. 새 몇 마리가 굽이굽이 이어진 골짜기 시냇가로 날아가는 모습이 보였다. 그쪽에서 하늘거리는 깃털 하나가 위피알 쪽으로 날아들었다. 멀리서 보기에는 그냥 새까만 깃털처럼 보였다. 그런데 산골짜기에 회오리바람이 불어서인지 깃털은 아주아주 높이 솟구쳐 올랐고 아래로 떨어질 기미가 보이지 않았다. 유유히 나부끼다 하늘 위로 올라가는 모습은 단지 깃털 하나가 아닌 창공을 마음껏 누비는 새처럼 느껴졌다.

새라면 예전에도 자주 보았기에 안 보아도 그만이었다. 이제 위피알의 시선은 깃털에 가서 꽂혔다.

다시진 마을 상공을 떠도는 깃털을 따라 위피알의 시선이 천천히 이동했다. 급기야 위피알은 깃털을 쫓기 시작했다. 가까이 다가가서 자세히 보니 그건 검은색이 아니었다. 반은 짙은 붉은

색, 반은 우윳빛을 띤 깃털이었다. 위피알이 여태껏 한 번도 본 적이 없는 깃털이었다.

"저건 무슨 새의 깃털이지?"

위피알은 고개를 쳐들고 깃털을 따라서 점점 마을로 접어들 었다.

"위피알, 뭘 보는 거니?"

지나가던 사람이 물었다. 깃털에 온통 마음을 뺏긴 위피알에 게 대답할 정신이 어디 있을까.

'안 보이세요? 제가 깃털을 보고 있는 게 안 보이시냐고요?'

위피알이 무엇을 보는지 알아차린 사람이 조그맣게 중얼거렸다.

"깃털이 뭐가 그리 대단하다고!"

그러나 위피알의 시선은 단 한 순간도 깃털에서 떠나지 않았 다. 그 깃털이 무척 마음에 들었다. 절대 놓치고 싶지 않았다.

깃털은 점점 세게 불어오는 바람에 자신을 맡기고 영영 바닥 으로 떨어지지 않으려는 듯이 이리저리 펄럭거렸다. 진짜 새와 같은 움직임이었다.

위피알은 고집스럽게 깃털을 뒤쫓았다.

그때 다시진 마을로 마차 한 대가 들어왔다. 오늘은 날씨가 그리 좋지 못한 데다 갈 길이 멀어서 마부의 마음이 아주 급했다. 딸각딸각하며 다가오는 말발굽 소리와 삐걱삐걱하는 마차 바퀴 소리가 점차 다시진의 큰 도로를 가득 메웠다.

위피알은 마차의 소란스러움에도 아랑곳하지 않고 고개를 하늘로 향하고 깃털만 바라보았다. 마치 이 세상에 그 깃털 말고는 아무것도 없는 것처럼.

"비—켜—!"

마부가 우렁차게 외쳤다.

하지만 그 순간 위피알에게는 깃털을 바라보는 눈만 있었다. 소리를 들을 귀가 없었다.

길 양쪽에 있던 사람들이 위피알을 향해 쏜살같이 달리는 마차를 발견했다. 사람들은 화들짝 놀라서 눈을 커다랗게 뜨고는 다급하게 소리를 질러 댔다.

"위피알! 마차야! 비켜! 비키라고!"

마부가 다급하게 마차를 세웠다. 말의 앞다리가 공중으로 높이 들리고 뒷발굽과 벽돌 바닥이 마찰하며 귀를 찌르는 굉음이 났다. 커다란 마차 바퀴는 더 돌지 않았지만 엄청난 관성으로 마차가 앞으로 쏠리는 바람에 타이어가 바닥에 쓸려 푸른 연기가 피어올랐다. 위피알을 정면으로 들이받기 직전에 마부는 한쪽 고삐를 있는 힘껏 당겼고, 갑자기 방향이 바뀐 마차는 거의 뒤집힐 뻔했다.

위피알은 쓰러졌다. 정확하게 이야기하면 마차 옆면에 부딪혀 옆으로 튕겨 나갔다.

마부는 마차가 제대로 서기도 전에 황급히 뛰어내려 위피알에게 달려갔다.

사람들이 몰려들었다.

타지 사람인 마부는 온몸을 부들부들 떨면서 위피알 곁에 웅크리고 있었다. 바닥에 엎드려 꼼짝도 하지 않는 위피알을 차마 건드릴 엄두도 내지 못했다.

한 마을 사람이 "위피알!" 하고 이름을 부르며 아이의 몸을 뒤집었다. 위피알 이마와 코, 입가에서 피가 흘렀다. 그러나 두 눈은 여전히 무언가를 찾는 듯 동그랗게 뜨고 있었다. 위피알은 천천히 몸을 일으키더니 자신을 부축하는 사람을 가볍게 밀어내고는 하늘 위로 고개를 들었다.

'깃털은?'

깃털은 이미 멀리 날아갔다.

그렇지만 위피알은 금세 다시 깃털을 찾아냈다. 옷소매로 얼굴의 피를 닦고, 깃털을 바라보며 잠에서 막 깨어난 사람처럼 비틀비틀 앞으로 걸어 나갔다.

"보아하니 크게 다친 것 같지는 않은데."

걷기도 잘 걷고, 앓는 소리도 내지 않는 위피알을 보며 다시 진 사람들은 그렇게 판단했다. 오히려 혼비백산해 어쩔 줄 모르는 마부를 위로했다.

"정말 위험했어요! 운 좋은 줄 아세요. 아이고, 깜짝 놀랐네. 날씨가 안 좋아지는군. 어서 가요, 어서 가!"

위피알은 깃털을 쫓아갔고, 금세 마차에서 멀어졌다.

마부는 위피알의 자그마한 그림자를 보면서 바들바들 떨리는 몸으로 마차에 올랐다. 그리고 채찍을 휘두르며 서둘러 자리를 떠났다.

바람이 점점 더 강하게 불어오고 비도 조금씩 내리기 시작했다. 그 깃털은 강한 바람에 힘없이 흩날렸고 비에 젖어 점점 무거워졌다. 바람과 비가 서로 힘겨루기라도 하듯, 깃털은 별안간 휙 하고 높이 올라갔다가 잠시 후 아래로 뚝 떨어지기도 했다.

위피알의 시선도 깃털을 따라서 오르락내리락 쉬지 않고 움직였다.

바람도 비도 점점 거세졌다. 깃털은 도대체 어떤 힘에 의해서 인지는 몰라도 그 어느 새보다 빠른 속도로 마을 저편 골짜기에 빨려 들어갔다.

위피알은 비바람을 뚫고 악착같이 달렸다. 얼굴의 핏자국은 이미 빗물에 말끔하게 씻겨 나갔다. 새하얀 얼굴과 칠흑같이 까만 눈동자가 비의 장막 속에서도 반짝반짝 빛이 났다. 몇 번이고 넘어져도 기어코 다시 일어났다. 아직 수집하지 못한 그 깃털을 눈앞에서 놓치고 싶지 않았다.

그러나 비바람에 힘없이 나부끼는 깃털은 위피알에게 자신을 허락하지 않고 갑자기 어디론가 휙 떨어져 버렸다. 위피알이 마을 끄트머리까지 달려갔지만 어디로 떨어졌는지 알 수 없었다. 위피알은 비바람을 맞으며 우두커니 서 있었다. 빗방울이 코와 입으로 들어와 자꾸만 기침이 나왔다.

바로 그때였다. 위피알과 오랜 시간을 함께하게 될 흑비둘기 한 마리가 비바람이 퍼붓는 하늘 위로 나타났다. 그 새를 본 순간, 위피알은 깃털의 존재를 까맣게 잊어버리고 말았다.

이렇게 열악한 날씨 속에서 날고 있다니, 주인이 먼 곳에 살

거나 길을 잃었거나 아니면 서둘러 집을 찾아가는 비둘기일 것
이다. 다시진 마을에서 키우는 비둘기였다면, 분명히 비가 쏟아
지기 전에 비둘기 둥지나 주인집처럼 비바람을 피할 수 있는 곳
으로 들어갔을 게 틀림없으니까. 먼 곳까지 날아와 본 경험이
없는 어린 비둘기 같았다. 경험이 많은 비둘기였다면 이런 날씨
에 섣불리 비행하는 대신 쉴 만한 곳을 재빨리 찾아 잠시 비바
람을 피했다가 다시 날아갔을 것이다.

비둘기의 깃털은 비행하면서 이미 흠뻑 젖었다. 깃털이 서로
들러붙어서 바람이 숭숭 통하는 날개를 아무리 열심히 흔들어
도 아래로 추락하는 걸 막을 수는 없었다. 비둘기의 몸이 점점
벽돌처럼 무거워졌다. 그런데도 일정한 고도를 유지하려고 죽
을힘을 다해 발버둥 쳤다. 비둘기들은 조심스럽고 의심이 많은
습성 탓에 낯선 장소에 쉽게 내려앉지 않는다. 그랬다가는 언제
든 위험에 빠질 수 있기 때문이다. 특히 사람에게 해코지를 당
하거나 붙잡히면 다시는 집으로 돌아갈 수 없다.

위피알은 계속 비둘기를 바라보면서 마음속으로 수도 없이
되뇌었다.

'내려와, 내려앉으라고! 지금 내려오지 않으면 골짜기에 떨어

져서 죽을 거야!'

아래쪽 협곡에도 인가가 있다. 밥 짓는 연기가 비바람에 젖어 사방으로 흩날렸다.

흑비둘기가 자기를 향해 힘겹게 날아오고 있는 모습을 본 위피알의 온몸이 덜덜 떨렸다. 점점 확실하게 보였다. 비둘기는 분명 자신에게로 날아오고 있었다.

위피알은 애틋하고 다정한 눈으로 비둘기를 보았다. 비둘기를 부르고 싶은 마음에 자기도 모르게 두 손을 앞으로 뻗었다.

비둘기가 장대같이 쏟아지는 비를 뚫고 그 두 손을 향해 날아들었다. 그러나 위피알의 손 위에 정확하게 내려앉지는 못했다. 마지막 힘을 쥐어 짜낸 비둘기는 위피알을 사오 미터 남겨 두고 땅에 떨어지고 말았다.

위피알이 얼른 다가갔다.

비둘기는 위피알이 달려오는데도 피하지 않았다. 오히려 날개를 착착 접고 땅 위에 서서 위피알을 올려다보았다.

위피알은 비둘기를 놀라게 할까 봐 발걸음을 늦추고 입으로 반복해서 중얼거렸다.

"겁내지 마, 겁내지 마, 겁내지 마라, 겁내지 마……."

흑비둘기의 몸이 계속해서 덜덜 떨렸다. 비둘기는 꽃무늬가 새겨진 듯한 갈색 눈으로 위피알을 보았다. 조금은 어색하고 불안하지만 익숙하고 편안한 마음이 더 큰 것 같았다. 자기 눈앞에 있는 아이를 아주 여러 해 전부터 알았던 것처럼 대했다. 위피알에게 인사라도 하듯이 "구구!" 하고 소리를 내기도 했다.

위피알이 허리를 굽히고 눈치채지 못할 만큼 아주 조금씩 흑비둘기에게 다가갔다.

두 눈이 위피알을 빤히 마주 보았다.

위피알은 흑비둘기에게서 삼십 센티미터쯤 떨어진 곳에 쭈그리고 앉았다.

차가운 빗줄기 속에서 흑비둘기는 아까보다 더 심하게 떨었다. 둘이 있는 곳은 비를 가려 줄 만한 게 하나도 없는 공터였다.

위피알은 윗옷 단추를 풀고 등 뒤에서부터 옷을 천천히 걷어올렸다. 자기 머리 위로 옷을 덮어씌워 앞으로 쫙 펼쳤다. 등줄기가 완전히 드러났고, 쭉 뻗은 팔과 옷자락은 흑비둘기를 덮어 줄 작은 비가림막이 되었다.

흑비둘기는 거부하지 않고 그 자리에 얌전히 서 있었다.

빗방울이 위피알의 등을 투둑투둑 때리고 방울방울 흩어져 튀어 올랐다.

"넌 어디서 날아왔니?"

흑비둘기가 "구구." 하고 소리를 냈다.

"길을 잃었어? 아니면 급하게 집에 가던 길이야?"

비둘기가 또 "구구." 하더니 고개를 갸웃거리며 위피알의 눈을 보았다.

위피알도 비둘기와 눈을 맞추었다.

비둘기가 위피알의 눈을 마음에 들어 한 것인지 아니면 위피알이 비둘기의 눈을 마음에 들어 한 것인지는 알 수 없지만, 둘은 서로의 눈을 가만히 응시했다. 비가 주룩주룩 쉴 새 없이 쏟아지는 가운데, 두 쌍의 눈은 각각 갈색빛과 검은빛으로 너나 할 것 없이 보석처럼 눈부신 빛을 흩뿌렸다.

얼마나 지났을까. 위피알이 "우리 집으로 가자."라고 중얼거리며 비둘기에게 손을 내밀었다.

흑비둘기는 몸을 살짝 낮추었다. 그리고 위피알의 손이 자신을 붙잡는데도 아무런 저항을 하지 않았다.

바람이 끊임없이 불어오고 비가 쉴 새 없이 쏟아졌다.

잠시 후, 대문 앞과 처마 아래에서 바깥 날씨를 살피던 다시진 사람들은 빗속을 걷고 있는 작은 그림자를 발견했다. 몸을 한껏 웅크린 채 앙상한 등골을 드러낸 남자아이였다. 아이는 한 손으로 자기 옷을 우산처럼 걸쳐 들고, 다른 한 손으로는 검은 비둘기를 품에 안고 있었다. 얼마나 앙증맞고 깜찍한 비둘기인지 몰랐다.

8. 검은숲

엄마의 말대로 검은숲은 다시 날아가지 않았다.
위피알을 그림자처럼 따라다니며 함께했다.

비가 그치자 하늘이 맑아졌다. 위피알은 흑비둘기에게 햇볕
을 쬐어 주며 먹을 것과 마실 물을 주었다. 그리고 하늘을 응시
하며 말했다.

"날이 곧 어두워질 거야. 집에는 내일 가."

흑비둘기는 배불리 먹고 목도 축이고 날개도 바짝 말렸다.
날개를 파닥거리니 세찬 바람에 흙먼지가 날렸다. 하지만 비둘
기는 하늘을 가만히 올려다보기만 할 뿐, 비행하려는 의지는

전혀 없어 보였다. 문 앞에 있는 나뭇등걸로 날아올라 오도카니 서 있을 뿐이었다. 잠시 후, 비둘기가 몸을 웅크리고 주저앉아 살며시 눈을 감았다. 복슬복슬하게 부풀린 깃털 때문에 갑자기 몸집이 커다랗게 보였다.

엄마는 위피알에게 이 흑비둘기 종에 '검은숲'이라는 재미있는 별명이 있다고 말해 주었다.

엄마와 위피알은 비둘기 왼쪽 다리에 금속으로 만든 고리가 채워져 있는 걸 발견했다. 글자와 번호까지 새겨져 있었다.

"이건 보통 비둘기가 아니라 소식을 전하는 전서구란다. 수천 킬로미터도 너끈히 나는 비둘기야."

저녁이 되자 위피알은 검은숲을 집 안으로 안고 들어와 커다란 종이상자 안에 놓아두었다. 그리고 불을 끄고 자리에 모로 누워 잠을 청했다. 검은숲은 종이상자 안에 가만히 웅크리고 앉아 어둠 속에서 눈을 반짝였다.

다음 날이 되자 위피알은 검은숲을 안고 문밖으로 나왔다. 잠시 후, 검은숲이 갑작스레 날아오르더니 위피알 머리 위에서 일고여덟 바퀴를 선회하고는 까마귀 봉 방향으로 날아갔다. 위피알은 엄마 옆에 서서 검은숲을 지켜보았다. 점점 멀어진 검은숲은 까마귀 봉 뒤로 사라졌다.

위피알은 서운하고 슬픈 마음이 들었다. 그러나 비둘기가 집으로 돌아가야 한다는 걸 알고 있었기에 마음속으로 비둘기의 행복을 빌었다.

'조심히 가!'

그 후 온종일 이런저런 깃털들을 만지작거려 보았지만 속으로는 여전히 검은숲만 떠올랐다.

'어디로 날아갔을까? 오늘 집까지 날아갈 수 있을까?'

황혼이 질 무렵, 엄마가 집 안에서 시 원고를 다듬고 있을 때였다. 갑자기 위피알이 헐레벌떡 안으로 뛰어 들어왔다.

"엄마! 엄마!"

엄마가 뒤를 돌아보았다.

"왜 그러니?"

"검은…… 검은숲…… 숲이, 다시…… 다시 날아왔어……."

위피알은 그렇게 이야기하고는 휙 뒤돌아서 밖으로 나가 버렸다.

엄마도 다급하게 밖으로 나갔다. 위피알이 손으로 가리키는 곳을 바라보니, 검은숲이 지붕 위에 앉아서 깃털을 다듬고 있었다.

검은숲을 한참 쳐다보던 엄마가 말했다.

"이제 여기서 영원히 살려고 왔나 보다."

"집에 가는 길을 못 찾았나 봐."

"그건 아닐 거야."

엄마는 검은숲을 바라보며 말을 이었다.

"아무래도 쟤는 위피알과 함께 있는 게 좋은가 봐."

엄마의 말대로 검은숲은 다시 날아가지 않았다. 위피알을 그림자처럼 따라다니며 함께했다.

다시진에 어떤 남자아이가 있었다. 그 애의 진짜 이름을 알거나 부르는 사람은 거의 없었다. 남녀노소 할 것 없이 그 애를 그냥 '산다람쥐'라고 불렀다. 산다람쥐는 비둘기 떼를 키웠다. 아주 먼 거리에서 날려 되돌아오게 할 수는 없지만, 이삼백 리 정도라면 그럭저럭 다시진으로 돌아올 수 있는 비둘기도 몇 마리 있었다. 산다람쥐는 산을 아주 잘 탔다. 동네에서 그 애보다 산을 빠르게 탈 수 있는 아이는 없었다. 그 애는 사람이 아닌 원숭이나 표범, 산양처럼 산을 누비고 다녔다.

산다람쥐는 일요일마다 집에서 키우는 비둘기 십수 마리를 새장에 넣어 들고 아주 오래 산을 올랐다. 까마귀 봉 꼭대기에 도착하면 다시진을 향해 새장을 열어젖히고 높이 들어 올렸다. 그러면 비둘기들이 서로 앞을 다투어 하늘로 날아올랐다. 다시진 아이들은 그때 탁 트인 공터에 모여 산다람쥐의 비둘기들이 까마귀 봉을 빙빙 돌아 다시진으로 돌아오는 걸 지켜보았다. 비둘기들이 상공을 날아다니는 순간, 산꼭대기에 있는 산다람쥐는 아이들을 향해 손을 흔들며 소리를 질렀다.

"와아— 야—."

그건 산다람쥐가 가장 좋아하는 일이었다.

어느 날, 산다람쥐가 위피알의 비둘기를 발견했다. 위피알이 거리를 걷고 있을 때였다. 검은숲이 위피알 머리 위를 낮게 비행하다가 어깨 위로 내려앉았다.

산다람쥐는 검은숲이 하늘을 날고 있을 때부터 그 모습을 보았다. 그 비둘기가 평범하고 흔한 비둘기가 아니라는 것도 단박에 알아보았다. 그 정도로 특별한 비둘기를 갖고 있지 않지만, 얼마나 훌륭하고 멋진 비둘기인지는 구별해 낼 수 있었다. 비둘기의 비행 자세와 속도만 봐도 손쉽게 알 수 있었다.

산다람쥐는 검은숲에게 눈독을 들이며 위피알 뒤를 졸졸 따라다녔다. 예민한 검은숲은 누군가 뒤를 밟는다는 걸 알고 경계했다.

그때 검은숲의 눈을 정면으로 본 산다람쥐는 화들짝 놀랐다. 눈만 봐도 검은숲이 어떤 비둘기인지 잘 알 수 있었다. 산다람쥐는 검은숲을 하염없이 바라보다가 주르륵하고 침까지 흘리고 말았다.

이틀 후, 산다람쥐가 위피알을 찾아왔다.

"야! 네 비둘기 나 주라."

위피알이 '왜?' 하고 묻듯이 산다람쥐를 멀뚱히 바라보았다.

"넌 비둘기를 잘 모르잖아."

위피알은 산다람쥐에게 아무런 대꾸를 하지 않았다. 대신 오른손 집게손가락을 굽혀 입 안으로 집어넣고는 휘파람을 불어서 머리 위를 날고 있는 검은숲에게 신호를 보냈다. 검은숲은 이내 고도를 낮추고 위피알 어깨 위에 내려앉았다. 위피알이 산다람쥐를 흘깃 보았다.

'이건 내 비둘기야. 꿈도 꾸지 마!'

그러고는 성큼성큼 걸어 집으로 들어갔다.

산다람쥐 입가에서 또 한 번 침이 흘러내렸다. 주르륵하고 떨어진 침이 발등을 적셨다.

그 이후로도 산다람쥐는 몇 번이나 위피알을 찾아가 검은숲을 달라고 치근덕거렸지만 뜻대로 되지 않았다. 하지만 산다람쥐는 어떻게든 검은숲을 손에 넣고 싶었다. 그래서인지 아주 억지스럽고 무지막지한 생각을 했다.

'저런 바보 녀석이 어떻게 저런 비둘기를 가지고 있느냔 말이야!'

산다람쥐는 위피알에게 그동안 아끼고 아껴 모은 세뱃돈을 전부 줄 테니 검은숲과 맞바꾸자고 제안했다. 그러나 위피알은 그 돈에 눈길도 주지 않고 검은숲을 어깨에 올린 채, 왕자님처럼 당당하고 단호하게 돌아서 버렸다.

산다람쥐는 이를 바득바득 갈았다. 당장이라도 달려들어 위피알을 쓰러트리고 싶었다. 다시진에 내 비둘기보다 더 멋진 비둘기를 가진 사람이 있다는 사실을 견딜 수가 없었다. 제일 멋진 비둘기는 이 산다람쥐의 것이어야 했다.

어느 날, 산다람쥐가 허리춤에 새총을 숨겼다. 위피알이 학교에 있는 동안 검은숲이 건물 옥상에서 기다리다가, 학교가 파

하면 위피알과 함께 집으로 돌아간다는 사실을 산다람쥐는 알고 있었다. 산다람쥐는 수업 중에 선생님께 화장실 가고 싶다고 이야기하고 교실에서 빠져나와 아무도 안 볼 때 새총으로 검은숲을 쏘아 맞히기로 했다. 검은숲을 죽이려는 게 아니라 상처를 입혀서 날지 못하게 하려는 속셈이었다. 검은숲을 잡아서 집에 데려가 며칠만 숨겨 두면 상처가 나을 것이다. 산다람쥐 집에는 이런 저질스러운 방법으로 훔쳐 온 비둘기가 이미 몇 마리 있었다.

수업이 반쯤 지났을 때, 산다람쥐는 계획을 실행하기로 했다.

한편 교실에 앉아 있던 위피알은 그날따라 이유 없이 불안한 마음이 들었다. 그래서 자꾸만 창밖을 쳐다보았다.

그때 검은숲은 학교 지붕 용마루에 앉아 날개를 펼친 채 햇볕을 쬐고 있었다. 위험이 접근하고 있다는 걸 본능적으로 느낀 검은숲이 갑자기 일어나 "구!" 하고 소리를 냈다.

아주 희미했지만, 위피알은 그 소리를 놓치지 않았다. 위피알은 검은숲의 말을 다 알아들었다. "구!" 하는 소리는 검은숲이 위험을 느낄 때 내는 경고 소리였다. 위피알은 지금이 수업 중이라는 사실도 잊고 벌떡 일어나 교실 밖으로 향했다.

"위피알!"

선생님이 소리를 질렀다.

그 소리가 귀에 들릴 리 없는 위피알은 눈 깜짝할 사이에 밖으로 달려 나갔다. 산다람쥐가 검은숲을 향해 새총을 겨누고 있는 게 보였다. 위피알은 곧바로 산다람쥐에게 달려들었다.

지붕 위의 검은숲에 완전히 집중하고 있던 산다람쥐는 위피알이 달려오는 걸 깨닫지 못했다. 구슬을 쏘아 올리려는 바로 그 순간, 억센 힘이 허리를 들이받았고 몸은 걷잡을 수 없이 앞으로 쏠렸다. 손에 들고 있던 새총도 족히 이십 미터는 날아가 바닥에 떨어지고 말았다.

위피알은 산다람쥐가 어찌할 틈도 주지 않고 곧바로 위에 올라탔다.

교실에서는 수업이 한창인 그 시간, 두 사람만의 싸움이 시작되었다. 산다람쥐는 위피알보다 두 살이나 많고 다시진에서 제일 튼튼하고 드센 남자아이였다. 그러니 위피알쯤은 당연히 상대도 되지 않았다. 뒤를 돌아보고 자신을 깔아뭉갠 사람이 '그 바보 녀석'임을 안 산다람쥐는 바닥에 엎드린 자세 그대로 있었다. 그리고 눈앞에서 기어가고 있는 갈색 개미 한 마리를 보며 중얼거렸다.

"안 내려가?"

조금도 위협적인 말투가 아니었다. 심지어 혼잣말하는 것 같기도 했다.

위피알은 머리 위를 선회하는 검은숲만 올려다볼 뿐, 산다람쥐의 물음에는 대답하지 않았다. 검은숲은 크게 당황한 것 같았다.

"너 진짜 안 내려갈 거야?"

산다람쥐는 개미를 입으로 후, 불어 버리고는 위피알에게 다시 물었다. 높아진 언성에는 짜증이 담겨 있었다.

위피알은 여전히 시선을 검은숲에게 향한 채, 속으로 외쳤다.

'누구도 널 다치게 할 수 없어!'

그때 갑자기 산다람쥐가 힘을 썼다. 위피알은 거센 풍랑을 만난 조각배처럼 단번에 뒤집혀 엎어지고 말았다. 그렇지만 재빨리 산다람쥐의 한쪽 다리를 붙잡고 늘어졌다.

산다람쥐는 몸을 일으키더니 하늘 위로 날아가 버린 검은숲을 아까운 듯 바라보며 위피알을 끌고 교실로 향했다.

위피알은 산다람쥐 다리를 죽어라 붙잡았다. 흙바닥 위에는 위피알이 질질 끌려간 자국이 선명하게 남았다.

교실에서 수업 중이던 아이들 몇몇이 어느새 밖에서 일어난 일을 보고는 "앗!" 하고 소리를 질렀다. 그러자 반 아이들의 시선이 일제히 창밖으로 향했다.

수업하던 선생님이 버럭 소리를 질렀다.

"뭘 보는 거야?"

아이들은 입을 꾹 다물었다.

선생님이 교실 문밖으로 나왔다. 위피알이 끌려온 흔적을 본 선생님이 소리쳤다.

"너희 지금 뭐 하는 거야?"

그 소리에 다른 교실의 아이들과 선생님도 깜짝 놀랐다. 잠시 후, 각 교실이 왁자지껄해지면서 학생들과 선생님들이 교실 밖으로 쏟아져 나왔다.

산다람쥐는 다리를 잃은 절름발이처럼 한 걸음 한 걸음을 힘겹게 내디디고 있었다. 교실까지는 아직도 족히 사십 미터는 더 걸어야 하는데도 자기 종아리를 붙잡고 있는 위피알의 손을 굳이 떼어 내려 하지 않았다. 까마귀 봉을 기어오르며 단련한 손아귀 힘으로 위피알의 손을 떨치는 건 일도 아니었는데 말이다. 산다람쥐는 자기가 위피알을 끌고 한 발 한 발 앞으로 나아가는 모습을 전교생과 선생님들이 보기를 바랐다.

"교장 선생님이다!"

한 아이가 외쳤다.

산다람쥐는 그제야 허리를 굽히더니 위피알에게 예의 바른 태도로 물었다.

"손 좀 놓을래?"

위피알은 묵묵부답이었다.

"교장 선생님 오신다!"

아이들이 소리를 질렀다.

산다람쥐는 갑자기 두 손에 힘을 주어 위피알의 손을 떼어 내고는 한쪽으로 도망치려 했다. 아무 잘못도 저지르지 않았다는 듯이 능청스럽게 자리를 피하려는 산다람쥐를 보고 위피알이 몸을 일으켜 멱살을 와락 부여잡았다.

산다람쥐는 이쪽으로 걸어오는 교장을 보더니 '그 바보 녀석'을 다시 내려다보았다. 화가 치밀어 오르는 눈치였다. 산다람쥐는 이제 손을 뿌리치는 게 소용없다고 생각했는지 몸에 힘을 주고 제자리에서 뱅뱅 돌기 시작했다. 계속해서 더 빠르게 몸을 돌리면 위피알이 제풀에 나가떨어질 것이고, 어쩌면 저 멀리 던져 버릴 수도 있을 것이었다!

잠시 후, 빙빙 도는 산다람쥐를 따라 위피알의 몸이 돌아가며 두 다리가 땅에서 떨어졌다. 하늘도 돌고 땅도 돌았다. 위피알은 산다람쥐의 옷깃을 더 꽉 틀어쥐는 수밖에 없었다. 그런데 산다람쥐의 옷자락이 튼튼하지 않아서 걱정되었다. 이렇게 빙빙 돌다가 옷이 찢어진다면 바닥에 내동댕이쳐질 게 분명했다.

산다람쥐는 제자리에서 뱅글뱅글 돌면서도 하늘을 올려다보았다. 검은숲이 여전히 하늘을 선회하며 내려앉으려 하고 있었다. 산다람쥐는 더욱 분노했다.

'나한테는 없는 저 비둘기가 이따위 바보 녀석에게 있다니! 세상에 이런 법이 어딨어!'

그런 생각을 하고 있을 때, 별안간 검은숲이 빠른 속도로 급강하했다. 모두의 시선이 검은숲에게로 쏠린 그 순간, 검은숲은 곧바로 산다람쥐를 향해 곤두박질쳤다.

산다람쥐와 사람들이 당황한 사이, 검은숲이 날개를 시커먼 손바닥처럼 펼쳤다. 그러고는 산다람쥐 얼굴을 파닥파닥하고 사정없이 때렸다. 땀으로 뒤범벅이 된 산다람쥐의 지저분한 얼굴을 발톱으로 할퀴어, 어쩌면 절대 없어지지 않을 흔적을 남기고 말았다.

사람들은 잔뜩 흥분해 소리를 지르기 시작했다.

결국 힘이 빠진 산다람쥐는 돌던 것을 멈추었다. 얼굴이 불에 덴 듯 아파서 더듬어 보았다. 손에 피가 묻어났다.

교장 선생님이 왔다.

모두 조용해졌다.

산다람쥐는 아직도 자신의 멱살을 죽어라 붙잡고 있는 위피알을 내려다보고는 고개를 들어 공중을 선회하는 검은숲을 보았다. 그러더니 위피알 코앞에 손가락질을 해 대며 소리쳤다.

"비둘기는 있어도 넌 아빠가 없잖아!"

위피알이 고개를 빳빳이 들었다.

"나도 아빠 있어!"

"아빠가 있다고? 어디 있는데? 누군데?"

산다람쥐가 위피알을 우습다는 듯이 바라보았다.

모두가 위피알의 대답을 기다리는 그 순간, 시간이 그 자리에서 멈춘 것 같았다.

잠시 후, 위피알이 하늘을 올려다보았다.

"우리 아빠는 새야!"

잠깐 정적이 흐른 후, 웃음소리가 홍수처럼 터져 나왔다. 몇 몇 아이들은 깔깔거리는 소리와 함께 과장된 몸짓으로 바닥에 쓰러졌다.

조금 전 사람들을 비집고 위피알과 산다람쥐 앞까지 온 교장 선생님도 위피알의 말에 웃음을 터뜨렸다.

위피알은 교장 선생님 얼굴을 보더니 산다람쥐의 옷깃을 뿌리치고는 하늘을 향해 고래고래 소리를 질렀다.

"우리 아빠는 새다!"

그리고 모두에게로 고개를 돌렸다.

"내가 아빠를 찾고 말 거야!"

눈물이 그렁그렁 차올랐다.

아이들의 웃음소리가 점점 잦아들더니 썰물이 진 바다처럼 주위가 잠잠해졌다. 검은숲이 두 날개로 공기를 가르는 소리가 들릴 만큼이나 조용했다.

9. 새를 찾아서

엄마가 발견한 것은 위피알이 남긴 쪽지 한 장뿐이었다.
'엄마, 나 아빠 찾으러 가. 새를 찾으러 갈 거야.'

방과 후에 위피알은 곧바로 외할머니 집으로 향했다.

위피알은 산 아래에 있는 외할머니 집을 좋아해서 자주 드나
들었다. 엄마가 자료수집이나 시인 모임을 나가 집을 비우는 날
이면 뛸 듯이 기뻤다. 외할머니 집에서 외할머니와 함께 잘 수
있으니까.

위피알이 그 집에 가는 걸 좋아하는 이유는 외할머니가 무슨
일이든 알뜰살뜰하게 잘 돌봐 주었기 때문이다. 외할머니는 위

피알에게 아무 조건 없는 무한한 사랑을 주었고, 무엇이든 하고 싶은 대로 하게 내버려 두었다. 외할머니 집에서라면 모든 것이 자신을 중심으로 돌아갔다.

몇 년이 지났지만, 외할머니는 엄마에게 한 번도 미안한 기색을 내보이지 않았다. 오히려 예전보다 더 거역하기 힘들 정도로 냉정하고 고집스럽게 굴었다. 그런데 사실 외할머니는 매일 끝없이 밀려드는 미안함과 후회 속에서 살아가는 중이었다. 하루하루가 고통의 연속이었다. 외할머니는 자책으로 밤새도록 잠을 이루지 못하는 날이 많았고, 허리조차 당당하게 펴지 못해 몸이 더 움츠러들고 왜소해졌다. 그런 외할머니가 할 수 있는 일이라고는 위피알에게 더욱 잘해 주고 정성을 쏟는 것뿐이었다.

그래서 외할머니는 위피알을 그렇게 끔찍이 사랑하고 오냐오냐할 수밖에 없었다. 엄마에게 위피알을 자신이 도맡아 보살피겠다는 뜻을 수도 없이 내비쳤다. 어차피 한가하기도 했다. 그러나 엄마는 번번이 외할머니에게 냉랭한 뒷모습을 보이며 돌아섰다. '싫어요!'라는 소리 없는 거절이었다.

위피알이 방과 후 자기 집에 오자 외할머니는 기뻐서 어쩔 줄 몰라 했다.

위피알은 평소처럼 계단을 두 개씩 뛰어오르고는 현관 앞에서 신발을 마구 걷어찼다. 예전에도 그렇게 벗어 날아간 신발이 외할머니 텃밭이나 쌓아 놓은 땔감 더미 위에 떨어진 적이 있었다. 또 한 번은 얼마나 마구잡이로 벗어던졌는지 신발이 지붕까지 날아오르기도 했다. 간장독에 풍덩 하고 빠져서 항아리째로 못쓰게 된 적도 있었다.

오늘은 그나마 얌전했는지 신발이 그렇게 멀리 날아가지는 않았다. 신발이 더 높이 날아오르기를 은근히 기대했던 외할머니는 조금 실망한 것 같았다.

집에 들어온 위피알은 책가방을 바닥에 던져 놓으며 외할머니에게 말했다.

"배고파요."

외할머니는 위피알을 뒤따라오며 가방을 챙겨 들었다.

"할미가 맛있는 거 해 줄게. 우리 손주 주려고 맛난 거 많이 챙겨 놨지!"

위피알이 먹고 마시는 사이에 외할머니는 여느 때처럼 옥수수알, 밀, 완두콩 낱알 따위를 양푼에 담았다. 그리고 깨끗한 물을 한 사발 떠서 양푼 옆에 함께 놓았다.

이제 검은숲도 엄마 집과 외할머니 집 모두를 제집인 양 굴었다. 익숙한 듯이 경계를 풀고 재빨리 옥상에서 땅으로 내려와 제 몫을 먹기 시작했다.

"오늘은 여기서 잘래요."

"엄마한테 얘기했어?"

위피알이 고개를 저었다.

"엄마한테 얘기는 해야지."

위피알은 책가방에서 공책 한 권을 끄집어내더니 한 페이지를 절반쯤 찢었다. 종이에는 '엄마, 오늘 외할머니 집에 있을 거야.'라고 적었다. 그리고 검은숲이 배불리 먹기를 기다렸다가 발치로 불러들였다. 종이를 말아서 검은숲의 다리에 있는 고리에 매달고 이야기했다.

"돌아가서 엄마한테 편지 좀 전해 줘."

검은숲을 날려 보냈다.

검은숲은 공중을 맴돌지 않고 똑바르게 날아갔다.

사실 전화 한 통이면 끝나는 간단한 일이었다. 그러나 검은숲이 있고 나서부터 위피알은 이런 방식으로 엄마에게 이야기하는 걸 더 좋아했다. 이렇게 소식을 전하면 수화기 속에서 들려오는 "안 돼."라는 엄마의 거절을 듣지 않을 수 있어서 좋았다. 어쨌든 편지를 써서 전했으니 그만 아닌가.

그러나 얼마 지나지 않아 엄마에게서 전화가 왔다. 위피알이 그래도 집에 왔으면 좋겠다는 내용이었다.

전화는 외할머니가 받았다. 외할머니는 위피알을 오늘 여기 있게 하겠다고 주장했지만 엄마는 동의하지 않았다. 두 사람의 대화가 유쾌할 리 없었다.

결국 외할머니가 버럭 고함을 질렀다.

"애가 여기 있고 싶다잖아! 여기가 어때서? 뭐 나쁜 곳이라도 된다니?"

외할머니는 수화기를 쾅, 하고 내려놓았다.

"네 엄마는 항상 그래. 내가 자기한테 무슨 빚이라도 진 것처럼 저런다니까! 할미가 뭐 빚진 거 있니?"

외할머니가 위피알을 향해 하소연했다.

"네 엄마가 요만한 갓난쟁이일 때 외할아버지가 돌아가셨지. 할미 혼자 오줌똥 다 받아 가면서 고생고생해 키워 놨는데, 무슨 빚을 졌다고? 말도 안 되는 소리야."

그렇게 말하는 외할머니의 모습은 당당하고 떳떳하면서도 한

편으로는 기운 빠져 보였다.

위피알은 전화기를 물끄러미 바라보았다.

"전화가 다시 안 오면 허락한다는 거야."

두 사람이 잠자리에 들 때까지 전화벨 소리는 울리지 않았다.

외할머니는 '흥!' 하고 콧바람을 뿜었다. 그렇게 외할머니와 엄마의 기 싸움은 그칠 날이 없었다.

다음 날 아침, 위피알이 깊이 잠든 사이에 외할머니가 엄마에게 먼저 전화를 걸었다.

"위피알 유심히 잘 지켜봐라. 어느 날 갑자기…… 그게 언제가 될지는 알 수 없지만, 어쩌면……."

외할머니는 한참 뜸을 들였다.

"집을 나갈 테니까."

"그걸 어떻게 아는데요? 걔가 그렇게 얘기해요?"

"아니. 그런데 나한테 돈을 달라고 하더라고."

"언제요?"

"어젯밤에. 잘 시간이 됐는데 잠도 안 자고 꾸물거리더니. 대뜸 나한테 와서는 돈이 필요하대……."

"얼마나요?"

"천⋯⋯."

"뭐라고요? 천? 천 위안('위안'은 중국의 화폐 단위로 천 위안은 한국 돈으로 약 19만 원이다: 옮긴이)이나 필요하대요?"

"응. 천 위안."

"줬어요?"

외할머니는 망설이다가 대답했다.

"줬어."

"줬다고요? 아니, 어떻게 천 위안이나 되는 돈을 줘요?"

"나한테 소리 지르지 마라. 돈을 안 주면 집을 안 나갈 거라고 생각하는 거야? 네 아들이 어떤 애인지 모르지 않잖니! 걔가 하고 싶다는 걸 네가 막을 수나 있고?"

"돈 달라는 게 가출 때문인 건 어떻게 알았어요?

"내 외손자가 속으로 무슨 생각을 하는지, 내가 그것도 모를 것 같니?"

외할머니는 한 마디를 덧붙이고 싶었지만, 꾹 참았다.

'네가 어릴 때도 속으로 무슨 생각을 하는지 다 알았는데.'

두 사람은 위피알이 집을 나가려는 이유에 대해서는 서로 말도 꺼내지 않았다. 둘 다 속으로는 알고 있었으니까. 위피알이 집을 나가 무엇을 하려고 하는지. 그러나 이 주제를 입에 올리는 순간, 둘은 저번처럼 서로를 상처 입히는 말을 주고받을 게 불 보듯 뻔했다.

외할머니는 수화기를 내려놓고는 몸도 마음도 지쳐서 의자에 털썩 주저앉았다. 한참 후에 기력을 되찾고 나서야 위피알을 깨워 밥을 먹이고 학교에 보냈다.

외할머니는 위피알이 책가방을 메고 검은숲과 함께 떠나가는 모습을 뒤에서 한참이나 지켜보았다. 그 순간에는 자신의 예상이 완전히 빗나가기만을 바라는 마음뿐이었다.

그날부터 엄마는 몰래 위피알을 관찰하기 시작했다. 결론은 빠르게 내려졌다. 외할머니의 예상과 완전히 일치하는 결론이었다. 이제는 추측이나 예상이라고 할 수도 없었다. 눈앞에 확실하게 드러난 사실이나 다름없었다. 위피알이 언제라도 입을 열고 이렇게 얘기할 것만 같았다.

"떠날래. 아빠를 찾아갈 거야. 새를 찾아 떠날 거야!"

위피알은 혼자 묵묵히 가방을 꾸렸다. 위피알이 학교에 갔을 때 엄마는 침대 밑에서 이미 빵빵하게 채워진 배낭을 발견했다.

안에 무엇이 있는지 꼼꼼하게 확인해 보았다. 옷, 운동화, 먹을 것, 비둘기 모이, 책(특별히 보기 좋은 깃털 몇 개가 끼워져 있었다.), 손전등, 접이식 우산, 그리고 래커 스프레이와 물감이 들어 있었다.

엄마는 바닥에 무릎을 꿇고 앉아서 배낭을 한참 동안 멍하니 쳐다보았다. 그리고 물건들을 다시 싸서 제자리에 돌려놓았다.

어른, 아이 할 것 없이 다시진 마을 사람 전부가 등 뒤에서 때로는 심지어 눈앞에서 위피알더러 '바보'라고 했다. 위피알이 이상하고 멍청한 혼잣말을 하거나, 어린아이같이 유치하기 짝이 없는 행동을 하는 걸 자주 보아 왔기 때문이다. 그러나 엄마는 한 번도 그 사람들처럼 생각하지 않았다. 오히려 위피알의 그런 말과 행동을 흐뭇하게 생각했다. 엄마의 눈과 마음으로 보는 위피알은 시적인 감수성이 충만한 아이였다. 엄마는 동화 같은 세계에 어리숙할 정도로 폭 빠져든 위피알이 좋았다. 누군가 위피알에게 바보 같고 멍청하다고 놀리면 속으로 꼭 이렇게 반박했다.

'정말 바보 같은 건 당신이야!'

엄마에게 위피알은 바보나 멍청이처럼 보이기는커녕, 남들보다 더 슬기롭고 똑똑한 사람, 심지어 생각이 깊고 꼼꼼한 사람이었다. 이 배낭은 엄마의 그런 생각을 다시 한번 증명해 주었다. 이런 아들을 상대하려면 더 깊이 생각하고 더 지혜롭지 않으면 안 된다. 엄마는 벌써 뜻대로 되지 않는 아들이 힘에 부쳤다.

가방을 발견한 후부터 엄마는 위피알이 어느 날 갑자기 집을 떠날지도 모른다는 생각에 매일매일 속을 태웠다. 밤에 침대에 누워서도 눈을 뜨고 경계심을 늦추지 않았다. 그리고 위피알이 길에서 만나게 될 광경을 상상해 보았다. 들개, 심술궂은 아이들, 세찬 비바람, 울퉁불퉁 험한 길, 앞을 가로막는 널찍한 강, 배고픔, 사기꾼, 날강도, 달려드는 벌 떼……. 이런저런 걱정이 들 때면 엄마는 몸을 일으켜 살금살금 걸어가 위피알의 방문을 열었다. 침대에 잘 있는지 보려는 것이다.

위피알이 싸 놓은 배낭을 감춰 버릴까 하는 생각도 벌써 몇 번이나 했다. 그렇지만 그건 아무런 소용이 없다. 누구보다 잘 알았다. 위피알은 짐 없이도, 몸에 옷 하나 걸치지 않은 벌거벗은 채로도 길을 떠날 수 있는 아이였다. 그러니 배낭이라도 있는 편이 나았다. 작은 배낭은 아이를 졸졸 따라다니는 작은 집이 되어 줄 테니까.

그렇게 생각하니 엄마는 위피알의 배낭 속에 무엇이 빠졌는지 더듬어 보게 되었다. 빠진 물건이 너무도 많았다. 일회용 밴드, 양말, 위급할 때 쓰일 비상약, 호신용 막대……. 생각이 꼬리에 꼬리를 물더니 '미니 텐트도 있으면 좋겠다. 착착 접으면 성냥갑만 해지는 것으로.' 하는 생각마저 들었다. 애같이 유치

한 자신에게 웃음이 났다.

그러나 위피알은 엄마가 생각해 낸 '필수품'을 배낭에 다 챙겨 넣기도 전에, 새하얀 달빛이 떠오른 날 밤을 틈타 아무런 예고 없이 집을 빠져나왔다. 엄마는 현관문을 여닫는 소리조차 듣지 못했다. 위피알이 빠져나간 곳은 현관이 아니라 집 뒤쪽으로 난 창문이었으니까.

엄마가 발견한 것은 위피알이 남긴 쪽지 한 장뿐이었다.

'엄마, 나 아빠 찾으러 가. 새를 찾으러 갈 거야.'

엄마는 지붕을 올려다보았다. 검은숲의 그림자도 온데간데없었다.

서둘러 외할머니에게 전화를 걸어서 위피알이 보이지 않는다고 알렸다. 그러나 수화기 저편의 외할머니는 이 소식을 듣고도 전혀 놀라거나 당황해하지 않았다. 오히려 투덜거리듯 한마디를 했을 뿐이었다.

"뭘 그렇게 난리야!"

위피알이 돈을 달라고 했던 다음 날 저녁 무렵, 외할머니는 예수(野樹, '들판의 나무'라는 뜻의 이름: 옮긴이) 집을 찾아갔다.

예수는 삼십 대 청년으로, 외할머니 집에서 백 미터도 떨어지지 않은 곳에서 살았다. 외할머니는 며칠 전에 길에서 우연히 예수와 마주쳤고, 그가 여기서 잠시 일을 쉬었다가 얼마 후에 다시 외지로 나간다는 사실을 알게 되었다.

"잘됐네. 며칠만 일을 맡겨야겠어."

외할머니는 예수에게 부탁했다.

"자네가 내 일 좀 맡아 줘."

그리고 위피알이 조만간 집을 나갈지도 모른다는 사실을 이야기해 주었다.

"위피알이 집에서 나오면 자네 집 앞을 꼭 지나가야 하잖아. 그리고 그 집 개는 사람만 보면 짖어 대고. 그러니까 인기척이 있을 때 얼른 나와서 보란 말이야."

"꼬맹이를 발견하면 제가 못 가게 막을게요."

외할머니는 고개를 저었다.

"아니! 계속 가게 둬."

예수는 이해가 안 된다는 듯이 어리둥절한 표정으로 외할머니를 보았다.

"그 애는 보통 애들하고 달라. 막아도 소용없어. 기어코 집을 나가고 말 테니까. 얼마나 고생을 하고 얼마나 식겁할지 모르겠다만, 차라리 길을 떠나게 두는 편이 나아! 언젠가 제가 감당할 수가 없게 되면 단념하겠지."

"그럼 그 말씀은?"

"뒤따라가. 하지만 절대 들켜선 안 돼. 들키는 순간 미행은 아무 의미 없게 될 테니까. 정말 부득이한 경우가 아니고서는 최대한 침착하게 행동해. 도와주지도 말고!"

외할머니는 예수에게 평소 일하는 품삯보다 더 큰 돈을 주고는 물었다.

"하겠어?"

"제 목숨까지 살려 주셨잖아요! 말씀하신 그대로 할게요. 마음 푹 놓고 있으세요."

외할머니가 빙그레 웃었다.

"잊고 있었네. 자네가 여덟 살 되던 해에 병이 나서 거의 죽을 뻔했지. 그때 내가 날마다 자네 집에 달려갔었잖아. 어린 것이 얼마나 기특한지, 그 쓰디쓴 약 한 사발을 꿀꺽꿀꺽 다 마셨더랬지!"

외할머니는 뒤돌아서다 말고 예수에게 당부했다.

"위피알이 집을 나가는 걸 봐도 괜히 속 시끄럽게 애 엄마한 테는 이야기하지 마. 나한테만 알려 주면 돼."

예수가 고개를 끄덕였다.

달이 뜬 어느 날 밤, 개가 짖었다.

예수는 황급히 나와 개를 조용히 시켰다. 골목에서 작은 그 림자가 어른거리며 집 쪽으로 다가오고 있었다. 그는 집으로 들 어가 외할머니에게 전화를 걸어 상황을 보고했다.

"그럼 출발해."

한편, 엄마는 차를 몰고 온종일 흔적을 찾았지만 위피알을 발견하지는 못했다. 하늘이 어둑어둑해져서야 집으로 돌아가 던 엄마는 지나가던 길에 외할머니 집에 차를 세웠다.

외할머니는 엄마에게 음식을 차려 주며 말했다.

"잃어버릴 일 없어!"

그러고는 자신이 예수를 시켜 위피알의 뒤를 쫓게 했다는 사 실을 담담하게 털어놓았다.

엄마는 "나한테 미리 얘기했어야죠!"라고 소리치고 싶었다. 하지만 입을 열기도 전에 외할머니의 반문에 말문이 막혔다.

"내가 무슨 잘못이라도 했니?"

외할머니는 언제나 혼자 우뚝 솟은 고요한 산과 같은 사람이었다. 엄마는 그런 외할머니 앞에서 영원히 약자일 수밖에 없었다. 벌써 몇 년이나 달리고 또 달리며 고군분투했지만, 외할머니의 거대한 그늘에서 벗어날 수 없었다.

10. 황야

검은숲이 다급하게 날면서 위피알의 머리 위를 뱅뱅 맴돌았다.
속도가 얼마나 빠른지, 꼭 검고 둥근 고리가 머리 위에 생긴 것처럼
보였다. 위피알을 보호하기 위한 시커먼 마법 고리였다.

위피알은 현성으로 통하는 길을 따라가지 않았다. 해가 뜨기
도 전에 골짜기로 들어가는 길을 따라 꺾어 들었다. 아주 비좁
은 길이었다. 보이는 사람이라고는 하나도 없었고, 주위는 쥐
죽은 듯이 고요했다. 달나라에 있는 월계수 나무 잎사귀가 사
락거리는 소리까지 들려올 것만 같았다. 위피알은 고개를 높이
들고 휘영청 밝은 달을 한참이나 바라보았다. 엄마가 말해 준
대로 달 속에는 분명히 월계수 나무가 있었다.

위피알은 속으로 생각했다.

'저 나무 위에도 새가 있을까?'

위피알은 빠르지 않은 속도로 리듬감 있게 걸었다. 오랜 세월 길을 걸으며 풍부하게 경험을 쌓은 베테랑 배낭여행자 같았다.

검은숲은 가끔 위피알 어깨 위에 앉았지만 대부분은 등에 멘 배낭 위에 앉아 있었다. 머리를 요리조리 돌리며 주위를 경계하는 모양이 꼭 자그마한 항공 레이더 같았다.

예수는 삿갓을 쓰고 아이의 뒤를 따랐다. 그는 영락없는 산 사람이었다. 들고양이 같은 눈을 가진 예수는 어둠 속에서도 아주 멀리까지 볼 수 있었다. 그는 '이상한 아이' 위피알의 뒤를 쫓는 일이 너무나 흥미진진했다. 그러나 서두르지 않고 침착하게 집중했다.

깊은 산골짜기로 들어갈수록 주위가 시끄러워졌다. 이름 모를 밤새들이 이 방향 저 방향에서, 먼 곳과 가까운 곳에서 쉬지 않고 울어 댔다. 나무 위, 바위 위, 높은 나무 꼭대기, 야트막한 덤불 속 어디에서든 새들이 지저귀었고, 공중을 날아다니며 우는 새도 있었다. 어떤 새는 이쪽 나무에서 지저귀다가 잠깐 사이에 저쪽 나무로 옮겨가 소리를 내기도 했다. 그러나 위피알은 그 소리가 같은 새의 것임을 단번에 알았다. 아주아주 깊게 우거진 숲속에서 길짐승이 낼 법한 소리도 들려왔다. 하지만 위피알은 그것 역시 날짐승의 소리라는 걸 알았다.

위피알은 이따금 나무 아래에 앉아 쉬거나 잠시 눈을 붙였다.

그렇게 걷고 또 걷다 보니 날이 밝았다. 태양은 아직 골짜기 위로 얼굴을 내밀지도 않았다. 그러나 햇살은 잠시도 기다릴 여유가 없다는 듯이 붉은 물결처럼 산골짜기 안으로 쏟아져 들어왔다. 그 광경에 눈길을 뺏긴 사이, 어느새 빛줄기가 산골짜기를 가득 메웠다.

　위피알의 얼굴까지 발그레하게 물들었다.

　검은숲이 창공으로 날아올랐다. 맑은 아침 공기를 가르며 빙빙 도는 새들과 어울려 주위를 맴돌았다. 그렇지만 다른 새들과는 꼭 일정한 거리를 두었다. 검은숲은 비둘기였으니까. 지금이 골짜기에는 검은숲을 제외하고는 비둘기가 한 마리도 없었다. 그래서인지 검은숲은 조금 외롭고 쓸쓸해 보였다. 잠시 다른 새들과 어울린 검은숲은 다시 위피알의 배낭 위로 돌아왔다.

　해가 점점 솟아올랐다. 조그맣던 해는 산골짜기 입구를 꽉 막을 것처럼 커다랗게 떠올랐다. 그 순간, 위피알의 눈 앞에 펼쳐진 세상은 전부 금빛 물결이었다. 한참 후에 해가 서서히 하늘 위로 떠오르고 나서야 비로소 초록빛, 갈색빛, 짙은 푸른빛, 흰빛이 눈에 들어왔다.

　위피알이 배낭에서 옥수수알을 꺼내 바닥에 흩뿌렸다. 검은

숲은 곧바로 달려들어 아침 식사를 즐겼다. 위피알도 빙쯔(餠
子, 밀가루와 옥수숫가루 등으로 반죽해 호떡처럼 둥글납작하게 구
운 간식: 옮긴이)를 꺼내 씹으면서 눈앞의 정경을 살펴보았다. 까
마귀 봉 일대에서는 볼 수 없었던 멋진 풍경이었다. 엄마는 위
피알이 아주 어렸을 때부터 풍경 감상하는 법을 알려 주었다.
덕분에 위피알은 다시진과 학교, 엄마와 외할머니를 까맣게 잊
고 그저 눈 앞에 펼쳐진 멋진 풍경에 흠뻑 잠겼다.

빙쯔는 무척 맛있었다. 하나를 다 먹어 갈 때쯤, 위피알은 갑
자기 무언가 생각난 듯이 남은 빙쯔를 유심히 살펴보았다. 아주
의심스러운 눈빛이었다. 배낭 속에 이 빙쯔를 넣은 적이 없다는
사실이 떠올랐다. 위피알은 한참 후에야 자기가 넣지 않은 물건
들을 배낭 속에서 발견했다. 그제야 자신이 집을 나가려는 걸
엄마가 눈치채고 있었음을 깨달았다.

그 순간, 엄마가 너무도 그리웠다. 눈가에 눈물이 촉촉하게
맺힌 채 저도 모르게 어스름에 싸인 길을 돌아보았다. 그러나
결국에는 눈물을 훔치고 계속해서 앞으로 걸어 나갔다.

예수는 책임감이 대단히 강했다. 위피알이 자신을 절대 발견
하지 못하도록 했을 뿐 아니라 위피알의 안전을 위해서 최선을

다했다. 그에게는 이 '이상한 아이'를 따라다니는 것이 그만큼 재미있고 유쾌한 일이었다. 예수는 전화기가 있는 곳을 자주 찾아가 외할머니에게 전화를 걸었고, 위피알의 현재 상황과 여정에서 보았던 모든 것을 일일이 보고했다.

"길가에 있는 국숫집에서 국수를 먹었어요. 흥정까지 하던데요. 돈 아낄 줄 알더라고요."

"위피알이 배낭을 내려놓고 깃털을 쫓아갔지 뭐예요. 어떤 나쁜 녀석이 배낭을 훔쳐 가려고 해서 하마터면 잃어버릴 뻔했는데, 제가 눈빛으로 제압해서 쫓아 버렸어요."

"오늘 밤에는 버려진 마구간에서 잠을 자네요. 추위는 걱정하지 않으셔도 돼요. 볏짚을 아주 두껍게 덮었거든요."

"위피알이 풀숲 덤불 속에 숨어서 똥을 누더니 개울가에서 엉덩이를 한참이나 씻었어요."

"사람들한테 자꾸 새에 관해서 묻던데요. 아주아주 큰 새라고 하면서요. 그런 걸 물어서 뭘 하려는 걸까요? 혹시 집을 나온 게 큰 새를 찾기 위한 걸까요?"

예수는 도무지 이해할 수 없었다. 외할머니도 더는 어떤 설명을 해 주지 않았다.

전화 통화를 할 때마다 예수가 매번 하는 말이 있었다.

"또 남의 집 벽에 새를 그렸어요. 무슨 표시라도 해 두려는 걸까요? 집으로 돌아갈 때 길을 찾지 못할까 봐?"

외할머니는 이번에도 아무 대답을 하지 않았다.

그건 아마도 위피알 마음속에 떠오른 새이거나 새롭게 발견한 새일 것이다. 혹은 길을 걷다가 쓸쓸하고 외롭다고 느껴서 새를 그리는 것일지도 모른다! 계속해서 앞으로 나아가는 이상, 위피알은 언제든 남의 집 벽에, 풍차에, 물탱크에, 혹은 매끈매끈한 돌덩이 위에 새를 한 마리씩 그려 놓을 것이다. 그 점에 관해서는 예수는 물론이거니와, 외할머니와 엄마조차도 위피알의 생각을 전부 알 길이 없었다.

위피알이 황야로 들어섰다. 눈을 씻고 둘러봐도 사람 한 명없고 저 멀리 보이는 것은 민둥산이었다. 발아래에도 황량하고 메마른 땅뿐이었다. 인가나 사람 흔적이 전혀 없으니 마치 세상에 생기라는 생기는 모조리 다 사라져 버린 것만 같았다. 예수마저도 오싹하게 만드는 풍경이었지만, 위피알은 서두르지 않고 느리지도 않게 의연한 모습으로 앞을 향해 나아갔다. 겁을내거나 불안해하는 기색도 전혀 찾아볼 수 없었다.

검은숲도 저공비행을 하며 멀리 떨어지지 않았다.

황혼 녘이 되었지만 위피알은 황야를 벗어나지 못했다. 날이 저물자 예수는 슬슬 위피알이 걱정되었다. 지금 당장이라도 위피알에게 다가가 배낭을 대신 메고 길을 재촉해 황야를 얼른 벗어나게 해 주고 싶었다. 하지만 그건 외할머니의 뜻에 어긋나는 일이었다. 그러니 위피알의 눈을 피해 조용히 뒤따르는 수밖에 없었다.

어디선가 불쑥 들개 몇 마리가 나타났다. 녀석들은 고개를 낮추고 몸을 들썩거리며 달려왔다. 다가오는 방향이 제각각이었다. 그러나 예수의 날카로운 눈에는 어디서 다가오는 녀석이든 결국 위피알에게로 향할 것이 빤히 읽혔다. 예수는 본능적으로 길가에 버려진 나무 막대기를 집어 들었다. 위피알이 곤경에 빠지면 언제라도 나설 준비를 했다.

검은숲이 다급하게 날면서 위피알의 머리 위를 뱅뱅 맴돌았다. 속도가 얼마나 빠른지, 꼭 검고 둥근 고리가 머리 위에 생긴 것처럼 보였다. 위피알을 보호하기 위한 시커먼 마법 고리였다.

그사이 저 멀리서 들개가 몇 마리 더 나타났다. 예수는 머릿수를 세어 보았다. 전부 열두 마리였다. 열두 마리 들개는 위피알을 잽싸게 에워쌌다.

위피알은 발걸음을 멈추고 땅에 있는 돌멩이를 한 손에 하나씩 집어 들었다. 그리고 꼼짝도 하지 않고 그 자리에 섰다. 그 순간 위피알은 아이 같지 않았다. 집을 떠나 홀로 황야를 헤매는 꼬마의 두려움 따위는 전혀 느껴지지 않았다.

검은숲은 이제 들개들의 머리 위를 선회하기 시작했다. 마치 그들에게 어서 이곳을 떠나라고 경고하는 듯한 몸짓이었다. 그러자 들개들은 정말로 조금 겁이 났는지 이리저리 흩어졌다. 검은숲은 날면서 계속 "구구구." 하는 울음소리를 냈다.

들개들이 또다시 움직였다. 녀석들은 위피알 쪽으로 살금살금 포위망을 좁혀 왔다.

예수는 들개들이 위피알을 공격하려는 것인지, 아니면 위피알의 배낭에 달려들려고 하는 것인지 판단이 서지 않았다. 그 배낭 안에는 점심때 먹다 남긴 소고기 육포가 들어 있었다. 들개들은 몸을 작게 웅크리고 각기 다른 색깔의 눈동자를 위피알에게 향하며 목구멍에서 그르렁거리는 소리를 냈다.

그때 갑자기 검은숲이 고도를 높였다.

예수는 속으로 생각했다.

'더 높은 곳에서 급강하해서 날개로 세게 치려는 걸까?'

예수는 검은숲이 정말 영특한 비둘기라고 생각했다.

회색 들개가 먼저 위피알에게 달려들었다. 위피알은 들개와의 거리가 사오 미터로 좁혀졌을 때, 오른손에 쥔 돌멩이를 냅다 집어 던졌다. 돌은 명중했다. 회색 들개는 깨갱깨갱하고 비명을 지르며 꼬리를 가랑이 사이로 말아 넣고 도망쳤다. 그러자 다른 개들도 자연스럽게 뒤로 물러섰다.

하늘이 어두컴컴해졌다.

들개들의 눈이 어둠 속에서 희미하게 빛났다.

위피알은 한 손에 여전히 돌멩이를 꽉 쥐고 있었다. 비명을 지르거나 울지 않고 제자리에 당당히 서 있었다.

달이 손톱 끝만큼 남았다. 주위가 꽤 어두웠다. 하지만 예수 눈에는 위피알이 잘 보였다.

검은숲은 아직 하늘을 선회하고 있지만 아까보다는 속도가 훨씬 느려져 있었다.

들개들은 도통 흩어질 기미를 보이지 않았다. 위피알을 상대로 인내와 끈기를 겨루어 보려는 심산 같았다.

위피알은 배가 고팠다. 뭐라도 먹고 싶은 마음이 굴뚝 같았다. 하지만 들개들이 계속 자기를 노려보고 있었다. 다리에 점점 힘이 빠지는 것이 느껴졌지만 주저앉지 못해 그대로 서 있었다.

먹구름 한 조각이 초승달을 가린 순간, 들개들이 돌연 위피알에게 공격을 퍼부었다.

위피알은 계속해서 돌을 집어 던지며 저항했다. 하지만 그들이 다가오는 것을 더는 막을 수가 없었다. 들개 한 마리가 위피알이 벗어 놓은 배낭을 덥석 물더니 엉덩이를 뒤로 빼며 배낭을 힘껏 잡아당겼다. 위피알이 돌아서서 배낭을 뺏으려 하자 다른 두 마리가 뒤쪽에서 달려들었다.

밤하늘 아래 검은숲이 날개를 탁탁 부딪는 소리가 선명하게 들려왔다.

그때 나무 막대기를 치켜든 예수가 고함을 지르며 달려들었다. 들개들이 막대기에 두들겨 맞고는 으르렁거리며 사방으로 뿔뿔이 달아났다. 다시 한번 막대기를 휘두르자 몇 마리가 더 얻어맞았다. 눈 깜짝할 사이에 들개들이 흔적도 없이 꽁무니를 뺐다.

위피알은 막대기를 들고 갑자기 뚝 떨어진 이 사람이 누군지

자세히 보고 싶었지만 푹 눌러 쓴 삿갓에 얼굴이 가려져 있었다.

예수가 앞서 걸었다. 위피알은 배낭을 메고 그 뒤를 쫓았다. 검은숲은 위피알 어깨에 내려앉아 그제야 긴장을 풀었다. 앞서 가는 저 사람이 좋은 사람이라고 알려 주는 것만 같았다.

다행히 그들은 금세 황야를 벗어났다. 불빛이 휘황찬란하게 밝혀진 마을이 그들 앞에 나타났다. 예수는 위피알이 잠시 한눈을 파는 사이에 자취를 감추어 버렸다.

다음 날, 예수는 위피알이 마을 끄트머리에 있는 사찰의 하얀 벽에 커다란 그림을 그려 놓은 것을 보았다. 그는 공중전화를 찾아 외할머니에게 전화를 걸었다. 그러고는 어젯밤 들개들이 위피알을 습격했던 사건을 이야기했다.

"원래는 제가 더 빨리 나서려고 했어요. 그런데 참았죠. 들개들한테 겁을 먹으면 아이가 냉큼 집으로 돌아갈 거라고 생각했거든요. 그런데 지금 생각해 보니 어림도 없는 일이었네요. 선생님 댁 위피알은……"

예수는 어떤 말을 덧붙여야 할지 알 수 없어서 한참을 망설이다가 겨우 이야기를 꺼냈다.

"걔가 도대체 어떤 애인지 알고는 있으세요?"

외할머니는 수화기 저쪽에서 미소를 지으며 대답했다.

"모르겠는데."

"그럼 애 엄마는 알고 있대요?"

"나보다 잘 알 수는 없지."

"그럼 마음의 준비라도 단단히 하세요. 걔요, 그 새를 못 찾
으면 절대 집에 돌아가지 않을 테니까요."

11. 낯선 마을

검은숲은 벌써 하늘 높이 날아올라 있었다. 빠른 속도로 날면서 원을 그리는 검은숲은 마치 시커먼 소용돌이처럼 보였다. 위피알을 중심에 두고 뱅뱅 도는 소용돌이가 나쁜 녀석들을 모두 쓸어다 내던져 버릴 것만 같았다.

교장 선생님이 엄마에게 전화를 걸었다.

"위피알이 벌써 삼 주째 학교에 오지 않고 있습니다. 수업에 더 빠지면 제적당할 거예요."

엄마는 교장 선생님의 말을 외할머니에게 전달했다.

예수에게 전화가 걸려 왔을 때 외할머니는 엄마에게도 전화를 한번 해 주라고 시켰다.

전화 통화를 한 엄마는 차를 몰고 백오십 킬로미터를 달려 예수를 만났다. 그리고 그가 일러 준 대로 찾아가 위피알을 만났다.

눈물이 그렁그렁한 채 꿇어앉은 엄마를 본 위피알은 꼬질꼬질해진 손을 내밀어 엄마의 눈물을 닦아 주었다. 그리고 아무 저항 없이 검은숲을 데리고 엄마의 차에 올라탔다.

엄마는 차에 타기 전, 근처 나무 뒤에 몰래 숨어 있는 예수를 돌아보았다. 그리고 가슴 앞에서 손을 살짝 흔들어 감사 표시를 했다.

위피알이 집에서 그리 많이 멀어진 것은 아니었다. 예수는 나중에 엄마에게 모두 말해 주었다. 위피알은 곧장 직진만 한 것이 아니라 계속해서 일정 범위 안을 맴돌았고, 그 둘레 안에 있는 곳은 어디든 전부 다 샅샅이 뒤지는 중이었다고. 예수의 추측대로라면 위피알은 그렇게 걷고 걸어서 언젠가는 다시진 근처로 돌아갈 것이었다. 수색 범위가 까마귀 봉을 중심으로 한 주변부라는 뜻이다.

위피알은 다시 등교했다. 겉보기에는 아무 일도 일어나지 않은 것처럼 모든 게 그대로였다.

하지만 엄마는 위피알이 어떤 아이인지 알았다. 위피알의 아빠가 어떤 사람인지 알았던 것처럼. 이 세상 그 무엇도 그 애를 막을 수 없었다. 결국, 엄마는 위피알이 언제 다시 훨훨 날아가 버릴지 몰라 불안에 떨면서 하루하루를 보냈다.

여름 방학이 코앞으로 다가왔다. 위피알은 다시 길을 떠날 준비에 돌입했다. 이번에는 배낭을 집 안에 두지 않고 집 뒤편에 있는 풀숲에 숨겨 두었다. 그리고 개미가 이사하듯이 가져가야 할 물건을 조금씩 조금씩 옮겨다가 짐을 쌌다. 배낭이 빵빵하게 차오를 때까지 엄마는 전혀 눈치를 채지 못했다.

그러나 돈 없이는 길을 떠날 수 없다. 이미 집을 한 번 나가 본 경험이 있는 위피알은 이 점을 잘 알고 있었다.

돈이 꼭 있어야만 한다!

여름 방학 첫날, 위피알은 엄마에게 고급 스케이트보드를 갖고 싶다고 말했다. 다시진에서 외할머니 집까지 가는 비탈길에서 스케이트보드를 타면 금방 도착할 수 있다는 것이었다.

엄마는 그 말을 듣고 속으로 아주 기뻐했다.

'보아하니 당분간은 집을 나가지 않겠구나.'

심지어 이런 생각까지 들었다.

'스케이트보드에 아주 푹 빠졌으면 좋겠어. 다시진에서 외할

머니 집까지 가는 내리막은 스케이트보드 타기에 딱 좋은 길이
니까!'

엄마는 위피알이 스케이트보드를 타는 모습을 상상했다. 바
람처럼, 아니, 새처럼 휙휙 내리막을 활강하다 보면 그 재미에
푹 빠져서 집을 떠나려는 생각을 포기할지도 모른다.

엄마는 그 자리에서 승낙했다.

그러자 위피알이 본론을 꺼냈다.

"내가 밍쯔한테 물어봤는데……."

"그래. 밍쯔가 스케이트보드를 몇 년째 타고 있지. 저번에는
엄마가 외할머니 집 쪽에서 걸어오다가, 걔 스케이트보드하고
부딪힐 뻔한 적도 있단다."

"쓸 만한 스케이트보드는 오백 위안이나 한대."

"더 좋은 걸 사도 괜찮아."

위피알이 엄마에게 손을 내밀었다.

"내일 밍쯔가 읍내에 새 스케이트보드 사러 간다고 했어. 같
이 갔다 올게."

엄마는 위피알에게 팔백 위안을 주었다.

그날 위피알은 외할머니 집에 가서 엄마에게 했던 말을 토씨

하나 안 틀리고 그대로 반복했다.

외할머니 역시 엄마와 똑같은 생각을 했다. 심지어 외할머니는 더 많은 돈을 주었다. 천 위안이었다.

외할머니 집에서 나오기 전에 위피알은 이렇게 당부했다.

"엄마한테는 얘기하지 마세요. 만약에 엄마가 알면 스케이트보드를 타지 말라고 할 수도 있어요. 엄마는 맨날 제가 죽을까봐 걱정이잖아요."

외할머니가 웃었다.

"네 엄마가 좀 그렇긴 하지."

다음 날 아침, 태양이 동쪽 산 위로 고개를 내밀 때까지 위피알은 방에서 나오지 않았다. 엄마는 위피알의 방문을 열어 보았다. 그런데 방에 아이의 흔적이 전혀 없었다. 조금 이상했지만, 위피알이 아침 일찍 밍쯔와 읍내에 스케이트보드를 사러 갔을 것이라는 데 생각이 기울었다.

엄마는 다시 장편 시 쓰기에 집중했다. 짧고 긴 구절을 합해 삼십 행이 넘는 분량을 더했다. 대략 이런 내용이었다. 남자 주인공은 언젠가 새처럼 하늘을 날 수 있게 되길 소망했다. 반드시 그럴 수 있으리라고 믿었다. 그는 높은 창공을 날며 까마귀

봉과 그 주변의 산줄기, 그리고 여자 주인공이 긴 치마를 입고
까마귀 봉 꼭대기에서 자신을 향해 스카프를 흔드는 모습을
한눈에 굽어보고 싶었다…….

엄마는 시구를 소리 내어 읽어 보다가 도중에 그만 멈추고 말
았다. 왠지 불길한 생각에 사로잡혀 곧바로 뛰쳐나갔다. 밍쯔네
집으로 걸음을 재촉했다.

마침 길에서 스케이트보드를 타고 있던 밍쯔와 마주쳤다. 엄
마가 다급하게 물었다.

"위피알이 오늘 너하고 스케이트보드를 사러 읍내에 간다고
했는데, 설마 안 간 거니?"

"어제저녁에 위피알이 안 간다고 하던데요."

엄마는 그 즉시 모든 걸 알아차렸다.

'위피알이 또 집을 나갔구나!'

엄마는 곧바로 집으로 돌아가 외할머니에게 전화를 걸어 위
피알이 사라졌다고 말했다.

외할머니는 엄마의 말이 끝나기도 전에 어떻게 할지 판단을
마쳤다. 바로 예수에게 전화를 걸었다. 그런데 외할머니가 시킨
대로 계속 위피알을 기다리고 있던 예수가 이렇게 대답하는 것

이 아닌가.

"어젯밤에는 우리 집 개가 짖는 소리가 전혀 안 들렸는데요!"

잠시 후, 외할머니가 예수에게 말했다.

"그럼 지금 나가봐."

저녁이 되자 예수가 풀이 죽은 목소리로 전화를 걸어 왔다.

"위피알을 못 찾았어요."

외할머니는 전화를 끊고 나서 의자에 쓰러지듯 기대앉았다. 한밤중이 되어서야 간신히 의자에서 몸을 일으켰다. 온몸에 힘이 하나도 없어서 쓰러질 것만 같았다.

엄마는 밤새도록 한숨도 잘 수 없었다. 그러다 해가 뜰 때쯤 별안간 마음을 내려놓았다. 당장 일어나서 외할머니에게 전화를 걸어 이렇게 말하고 싶은 생각이 굴뚝 같았다.

"너무 걱정하지 마세요. 위피알도 이제 열한 살 사내대장부 잖아요. 애 아빠는 서너 살 때 오갈 데 없는 신세가 되어서 혼자 길거리를 떠돌았어요. 열한 살에 맘씨 좋은 사람을 만나서 입양됐지만, 아주 잘 자랐어요!"

엄마는 이미 수화기를 손에 들고 있었다. 하지만 이내 고개를 휘휘 내저으며 내려놓고 말았다. 너무 우습고 철없는 소리를 하는 게 아닌가 싶었으니까. 이따위 위로는 스스로에게나 해야 했다. 외할머니를 위로한답시고 이런 말을 꺼냈다가는 가시 돋친 비웃음만 얻을 게 분명했다.

엄마는 하염없이 기다리기 시작했다. 몇 번인가 차를 끌고 길가로 나가 보았지만 번번이 허탕이었다. 작은 단서도 찾을 수 없었다. 이번에는 벽에 그린 새 그림조차 코빼기도 보이지 않았다!

예수는 계속 길바닥을 헤매고 다니다가 저녁이면 외할머니에게 전화로 하루 동안의 행적을 보고했다. 이른 아침부터 늦은 밤까지 잠시도 멈추지 않고 샅샅이 뒤졌지만 아무 단서도 발견할 수 없었다. 마치 위피알이 이 지구상에서 갑자기 증발해 버린 것만 같았다.

그때 위피알은 집에서 백 킬로미터 정도 떨어진 곳에 있었다. 위피알이 이동한 길은 엄마, 외할머니, 예수가 상상도 못 한 방향이었다. 현성으로 통하는 대로가 아니라, 어느 가을에 큰 새를 쫓아갔을 때처럼 동쪽 산을 넘는 길이었던 것이다. 위피알은 그때 동쪽 산의 산비탈을 따라 내려와 다시 야트막한 산을 올랐었다. 그리고 빗속에서 어디로 통하는지 모를 길 하나를 분명히 보았다. 그 길은 몇 년간 기억 속에 어렴풋이 남아 있었다.

위피알은 가는 길 곳곳에 수시로 새를 그렸다. 새의 모습은 갈수록 멋지고 위풍당당해졌다.

위피알이 냇가 옆 작은 마을에 도착한 것은 어느 날 오후였다. 그 마을은 마치 꿈속에서 갑자기 튀어나온 듯했다.

오르락내리락하는 산길을 걷는 동안, 짙은 안개가 주위를 감싸는 바람에 발치만 간신히 보였다. 위피알은 검은숲을 주의시켰다.

"하늘로 날아오르지 마. 방향을 잃으면 안 되니까."

그러고는 검은숲을 자기 어깨 위에 얌전히 앉아 있게 했다. 배낭이 아니라 꼭 어깨 위여야만 했다. 그래야 검은숲이 곁에 있다는 걸 느낄 수 있으니까.

얼마나 걸었을까. 어느새 안개가 말끔하게 걷혔다. 하늘에서부터 드리운 장막을 한쪽으로 싹 걷어 낸 것 같았다. 한 마을이 함초롬하게 모습을 드러냈다. 하얀 벽에 푸른 기와를 얹은 집들이 옹기종기 모여 있었다.

위피알은 곧바로 마을에 들어가지 않았다. 하늘 위에 있는 새들에게 정신을 빼앗긴 탓이었다. 방금 산길을 걸으면서 새들이 지저귀는 소리를 들었다. 지금까지 한 번도 들어 본 적 없는 생소한 소리였다. 얼른 새들의 모습을 보고 싶었다. 그런데 새들이 좀처럼 보이지 않았다. 안개가 걷히고 나서야 정체가 드러났다.

이렇게 빛깔이 곱고 요란한 새들은 처음이었다. 비행하는 모습도 다른 새들과는 사뭇 달랐다. 몇 미터를 날다가 갑자기 멈추고, 다시 빠르게 휙 날아가는 모습이 꼭 쏘거나 튕긴 무언가처럼 보였다. 벌써 이틀 동안 새로운 새를 보지 못했던 탓에 그 새들이 너무도 반가웠다. 오늘 저 마을 어딘가에 이 새들을 그려 넣을 수 있을지도 모른다.

위피알은 새들을 오래 관찰했다. 사실 그림을 그리기 위해서라면 자세히 볼 필요도 없었다. 어떤 새든지 딱 한 번만 보고도 절대로 잊지 않을 자신이 있으니까. 그저 화려하고 예쁜 새들의 아름다움에 푹 빠져들어 한참을 보았다.

그런데 그 새들은 어쩐 일인지 마을 바깥에만 머물렀다. 마을 쪽 하늘로 날아들거나 마을에 내려앉는 새가 거의 없었다. 가끔 마을 안에 있는 커다란 나무에 내려앉긴 했지만 금세 자리를 떴다. 마치 그곳에 어떤 위험이 도사리고 있고 불행이 닥쳐온다며 경고라도 하는 것 같았다.

위피알은 마침내 마을로 들어섰다.

울퉁불퉁한 돌길이 길게 길게 이어졌다. 위피알은 조심스럽게 경계하며 낯선 마을 길로 접어들었다. 마을을 가로지르는 골목 중간중간에서 마을 뒤로 콸콸 흐르는 시냇물이 보였다.

거무튀튀한 얼굴들이 곳곳에서 나타나더니 의심하는 눈초리로 조용히 위피알을 살폈다. 거리를 떠도는 부랑아라고 생각한 것이다.

검은숲은 멀지 않은 곳에 있었지만 아래로 내려앉지는 않았다. 아주 좁은 범위 안에서 선회하며 이

따끔 고개를 떨구고 위피알을 주시했다.

위피알은 배가 고파 샤오빙(燒餠, 밀가루 반죽 안에 다양한 소를 넣고 구운 중국 음식: 옮긴이) 가게 앞에 멈춰 섰다. 잠시 망설이다가 호주머니 안에서 백 위안짜리 고액지폐를 꺼냈다. 그리고 돌돌 말린 지폐를 손바닥 안에 쥐었다. 이미 잔돈이 다 떨어져 큰돈을 꺼낼 수밖에 없었다. 위피알은 밀가루 냄새를 맡으며 한 걸음 한 걸음 화로 앞으로 다가갔다.

샤오빙을 굽고 있던 퉁퉁한 중년 남자가 화로에서 샤오빙을 떼어 내며 위피알을 힐끗 보았다.

위피알은 돈을 쥔 손을 퉁퉁한 남자에게 천천히 내밀었다.

"아저씨, 샤오빙 두 개 주세요."

남자는 깨끗한 새 지폐를 보고는 살짝 의아해했다.

"샤오빙 두 개 주세요."

돈을 집어 든 남자는 하늘을 향해 비춰 보고 진짜 돈인지를 확인했다. 그리고 돈을 앞치마 호주머니에 챙겨 넣었다. 남자는 가지고 있는 잔돈을 전부 꺼내서 위피알에게 정확하게 거슬러 주었다.

위피알이 남자에게 돈을 내고 있을 때였다. 머리를 빡빡 깎은 사내아이 하나가 근처 어느 집 문틀에 기대어 서 있었다. 그 애는 눈동자가 보이지 않을 정도로 가느다란 눈으로 위피알과 위피알 손에 있는 돈을 주시했다.

샤오빙을 산 위피알은 으슥한 골목 안쪽에서 잠시 앉을 만한 계단을 찾아냈다. 배낭 속에서 밀 한 주먹을 꺼내 바닥에 뿌리고 검은숲이 먹기를 기다린 후에야 샤오빙을 입으로 가져갔다.

그 순간에도 빡빡이의 눈빛은 위피알을 계속 쫓고 있었다.

위피알이 샤오빙을 우걱우걱 먹었다. 샤오빙 두 개가 게 눈 감추듯 순식간에 사라졌다.

검은숲은 마지막 밀알을 먹어 치우더니 어느 처마 위로 날아올라 주위를 살폈다.

빡빡이가 천천히 위피알 쪽으로 다가왔다. 빡빡이는 큼지막한 죽사발에 담긴 죽을 후루룩후루룩 마시고 있었다.

"너 어디서 왔어?"

"다시진에서."

"다시진이 어딘데?"

"다시진이 다시진이지."

"그걸 말이라고 하냐?"

빡빡이는 기분이 상한 듯했다.

위피알은 잘못 말한 건가 싶어서 얼른 덧붙였다.

"다시진은 까마귀 봉 쪽에 있어."

"여긴 뭐 하러 왔어?"

"아빠를 찾으려고."

"아빠를 찾아?"

"응. 우리 아빠를 찾을 거야. 우리 아빠는 새야."

"뭐라고? 그게 무슨 말이야? 아빠가 새라니?"

"엄청나게 커. 푸른 잿빛의 커다란 새야."

위피알은 한 살 때 보았던 커다란 새를 설명했다. 하루하루 자라나는 동안 그 새도 마음속에서 하루하루 커졌다. 그래서 이제는 걷잡을 수 없을 만큼 커다란 새가 되어 버렸다.

위피알이 그 새에 대해 설명하면 사람들은 대부분 이렇게 말했다.

"웬 잠꼬대 같은 소리야! 세상에 그렇게 큰 새가 어디 있다고."

"말도 안 돼!"

위피알은 사람들이 믿든 안 믿든 개의치 않았다.

빡빡이가 "푸훗!" 하고 웃자 입 안에서 밥알이 뿜어져 나왔다.

"그런 새를 본 적 있어?"

위피알이 천진난만하고 순진한 눈으로 빡빡이를 바라보았다.

빡빡이는 그 모습에 질렸는지 고개를 저으며 자기 집으로 돌아갔다. 또 다른 아이가 다가오자 빡빡이는 죽이 묻은 젓가락으로 위피알을 가리켰다.

"쟤는 그냥 바보야!"

얼마 지나지 않아 마을에 바보가 왔다는 소식을 들은 어른과 아이들이 구경하러 몰려들었다.

위피알은 어찌 된 영문인지도 모르고 입가에 남은 부스러기를 닦아 내며 몸을 일으켰다. 그리고 고개를 들어 검은숲을 향해 말했다.

"우린 그만 가자."

검은숲이 날아올랐다.

위피알은 여느 때와 같은 발걸음으로 마을의 자갈길을 따라 앞으로 나아갔다. 그러면서도 수시로 고개를 들어 하늘을 바라보았다. 검은숲을 보는 게 아니다. 다른 새가 있는지 확인하려는 것이었다. 좁고 길게 생긴 이 마을은 아무리 걸어도 그 끝이 없는 것처럼 자꾸만 길이 이어졌다. 그러나 위피알은 초조해하지 않고 차분하게 생각했다.

'좋은 소식을 전해 줄 누군가를 만나지 않을까?'

안 그래도 사람들에게 묻기보다는 혼자서 찾아 헤맬 때가 훨씬 많았다.

'큰 나무 위에 있으면?'

'저 맞은편 바위 위에 있지 않을까?'

시냇물이 세차게 흐르는 곳인 만큼, 여기에는 예전에 보지 못했던 새가 적잖이 있을지도 몰랐다.

어느 골목을 지나 시냇가에 도착했다. 몸집이 아주 작고 깃털이 푸르게 빛나는 새가 있었다. 수면 위로 늘어진 대나무 가지 위를 재빠르게 건너뛰는 모습이 꼭 푸른 요정 같았다. 위피알은 그 새에게 반해 한참을 보았다.

그 외에도 새로운 물새를 여럿 발견했다. 물새들은 물속에서 홀연히 나타났다가 금세 자취를 감추었다. 그리고 다른 곳에서 다시 모습을 드러냈다. 예쁜 무늬가 있는 물새들은 물 위에 둥둥 떠서 여유를 즐겼다. 꼭 잠이라도 든 것처럼 물살에 떠밀려 아래로 흘러내려 갔다. 그렇게 사오십 미터를 떠내려간 후에는 날아올라 다시 제자리로 돌아왔다. 그리고 아무 일도 없었다는 듯이 물살을 타고 다시 아래로 떠내려갔다. 그 새들은 그렇게 같은 자리를 한 번 또 한 번, 영원히 반복할 것처럼 오갔다.

검은숲이 물가로 내려앉아 목을 축이고는 바위 위에 앉아 햇볕을 쬐었다.

빡빡이는 아직도 위피알과 위피알의 배낭을 몰래 염탐하고 있었다. 위피알이 바보라는 소식을 들은 다른 아이들도 여기저기서 나타나 호기심 어린 눈으로 위피알을 관찰했다.

점심때가 되어서 위피알은 검은숲을 자기 어깨로 불러들였다. 그리고 어느 식당으로 들어가 요리 두 가지와 밥을 주문했다. 이번에는 배불리 먹어 두어야 했다. 여기서 더 가면 아마 밥을 먹을 만한 곳이 마땅치 않을 테니까.

빡빡이는 이 모든 과정을 하나도 빠짐없이 지켜보았다. 심지어 그는 위피알의 호주머니 속에 백 위안짜리 지폐가 한 장 더 있는 것까지 알아냈다. 위피알이 잔돈을 꺼낼 때 함께 딸려 나온 걸 놓치지 않고 보았다.

점심을 다 먹은 위피알은 배낭에서 옥수수알을 한 줌 꺼내 손바닥에 올렸다. 검은숲이 곧바로 손바닥 위로 옮겨 가 한 알씩 먹기 시작했다. 위피알이 걷느라 몸을 움직이자 검은숲의 꽁지깃이 들썩거렸다.

아이들이 손가락질하며 수군거렸다.

"바보!"

대놓고 소리를 지르는 아이도 있었다.

"바보야!"

위피알은 조금도 흔들림 없이 제 갈 길을 갔다. '누구더러 바보라는 거야?' 하는 표정이었다.

아이들은 위피알 뒤를 졸졸 따라붙다가 마을을 벗어나는 것을 본 후에야 하나둘 흩어졌다.

위피알은 마을로부터 칠팔십 미터 정도 떨어진 시냇가에서 버려진 방앗간을 발견하고 가까이 다가갔다. 누구의 방해도 받지 않고 조용히 새를 그리고 싶었다.

배낭 속에서 물감과 붓을 꺼내고 벽 한 면을 골라 그림을 그리는 데 열중했다. 시냇물이 졸졸 흐르는 소리와 함께 더없이 근사한 새 그림이 점차 모습을 드러냈다.

방앗간 지붕 꼭대기에서 주위를 경계하던 검은숲이 갑자기 "구!" 하고 울부짖었다.

그림에 집중한 위피알은 미처 소리를 듣지 못하고 계속해서 그림을 그려 나갔다. 완성을 코앞에 두고 있었다. 그림이 완성되면 곧바로 길을 떠날 작정이었다.

"구! 구! 구······."

근처 나무 뒤에 숨어 있던 빡빡이와 낯선 아이들이 나타났다. 그들은 마을 쪽을 흘끔거리며 위피알에게 다가왔다. 아이들은 위피알이 그린 새 그림을 발견했다. 그들도 본 적이 있고 이름도 아는 새였다. 그러나 지금 위피알에게는 이 새의 이름이 중요하지 않았다. 자기가 본 새들을 잘 기억하고 갈무리해 두는 것으로 만족했으니까. 금방이라도 날아오를 듯 생생한 그림을 본 아이들은 조금 겁을 먹었다.

'바보라더니, 새 그림을 엄청나게 잘 그리잖아!'

검은숲이 줄기차게 소리를 질러 댔다.

"구! 구! 구······."

그러면서 깃털을 바짝 높이며 목을 공격적으로 길게 뺐다.

마침 위피알이 물감과 붓을 배낭에 챙겨 넣고 길을 떠날 준비를 마쳤다. 빡빡이가 앞을 막아섰다.

"가려고? 어딜? 돈은 내놓고 가야지. 값나가는 것도 싹 다

내놔!"

위피알이 당혹스럽다는 듯이 그들을 멀뚱멀뚱 보았다.

웃통 벗은 소년이 윽박질렀다.

"어디서 바보인 척이야!"

빡빡이가 웃통 소년에게 소리쳤다.

"뭐래! 얘는 원래 바보야!"

웃통 소년이 멋쩍게 웃었다.

검은숲은 벌써 하늘 높이 날아올라 있었다. 빠른 속도로 날면서 원을 그리는 검은숲은 마치 시커먼 소용돌이처럼 보였다. 위피알을 중심에 두고 뱅뱅 도는 소용돌이가 나쁜 녀석들을 모두 쓸어다 내던져 버릴 것만 같았다.

빡빡이가 소리쳤다.

"바보 녀석한테 쓸데없는 소릴 해 봤자, 그게 더 바보짓 아냐? 그냥 덤벼!"

아이들이 우르르 달려들어 위피알을 바닥에 쓰러트렸다. 위피알이 다급하게 소리를 질렀지만 아이들은 아랑곳하지 않았다. 순식간에 위피알의 옷을 뒤져서 호주머니 두 군데에 넣어둔 돈을 모조리 끄집어냈다.

빡빡이가 다시 외쳤다.

"바지도 벗겨. 바지 호주머니에도 돈이 있을 거야. 이것보다 더 많을걸!"

소년 둘이 위피알의 양쪽 바짓가랑이를 잡아당겼다. 위피알도 젖 먹던 힘을 다해 바지춤을 붙잡는 바람에 몸이 바닥에서 질질 끌렸다. 웃통 소년이 달려들더니 위피알의 손을 바지에서 뜯어냈다. 바지가 훌렁 벗겨지며 아이들이 땅바닥에 벌렁 나뒹굴었다.

몸에 걸친 것이라고는 팬티만 남은 위피알이 허겁지겁 몸을 일으켜 바지를 향해 달려들었다.

한편 빡빡이는 계속 눈독 들이고 있던 배낭으로 눈을 돌렸다. 빡빡이가 배낭을 붙잡으려는 순간이었다. 머리 위를 맴돌던 검은숲이 궁둥이를 아래로 쑤욱 내밀었다. 흐물흐물한 새똥이 그대로 낙하하더니 빡빡이의 반질반질한 머리통 위에 철퍼덕하고 떨어졌다.

웃통 소년이 그걸 보더니 고래고래 소리를 질렀다.

"헉, 새똥이 머리에 떨어지면 재수 옴 붙는데! 사람이 죽는다고!"

그러더니 홱 돌아서서 도망갔다.

빡빡이도 연달아 "퉤퉤퉤!" 하더니, 아직도 자기를 노려보는 검은숲을 발견하고는 얼른 줄행랑쳤다.

다른 소년들도 모두 사방으로 뿔뿔이 흩어졌다. 그러나 위피알의 바지 호주머니에 있던 돈은 전부 챙긴 후였다.

검은숲은 소년들을 계속 지켜보며 선회하다가 그들이 마을로 도망쳐 들어간 후에야 위피알에게로 돌아왔다.

위피알은 훌쩍이면서 나뒹구는 바지를 주우러 갔다. 소년들을 쫓아가지는 않았다. 그 깡패 같은 놈들을 상대해 봤자 이길 수 없다. 그저 배낭을 둘러메고 어서 이곳을 뜨는 수밖에.

배낭 안에는 아직 돈이 조금 남았지만 여유가 많지는 않았다.

위피알은 하늘이 어둑어둑해질 때까지 줄기차게 걸어서 다른 마을에 도착했다. 더는 나아갈 힘이 없어서 가로등 밑에 그대로 털썩 주저앉아 버렸다. 검은숲은 어둠 속에서 가로등 꼭대기에 내려앉았다.

위피알은 문득 집이 그리웠다. 엄마가 보고 싶고, 외할머니가 보고 싶고, 다시진과 까마귀 봉을 다시 보고 싶은 마음이 간절했다. 또다시 울음이 차올랐다. 흐느끼는 소리도 갈수록 커졌다.

시간이 얼마나 지났을까. 왠지 처량한 목소리가 멀지 않은 곳에서 들려왔다.

"애야, 왜 울고 있니?"

위피알이 고개를 들었다. 보따리를 짊어진 할아버지가 창백한 가로등 불빛 아래에 서 있었다. 깡마르고 키가 컸다. 등이 굽지만 않았더라면 키가 더 컸을 것이다. 할아버지의 얼굴은 흙빛처럼 어두웠고 지팡이를 짚은 손에는 핏줄이 지렁이처럼 꿈틀거렸다. 흙먼지를 뒤집어쓴 신발은 구멍이 뚫려서 발가락이 고개를 내밀고 있었다. 바짓단도 해져서 너덜너덜하고, 마찬가지로 낡아빠진 옷에는 단추가 엉뚱한 구멍에 꿰어져 있었다. 옷깃과 옷자락 길이도 들쭉날쭉했다. 하늘로 향한 얼굴에는 눈동자가 없는 듯 하얀빛만 남은 눈이 쉴 새 없이 깜빡였다.

위피알은 자기 앞에 서 있는 사람이 앞이 보이지 않는 맹인 할아버지라는 걸 금세 알아차렸다.

할아버지는 위피알의 대답을 기다리고 있었다.

위피알은 울음을 그치고 일어서서 할아버지에게로 향했다. 팔뚝에 얼굴을 비벼 눈물을 닦으며 물었다.

"할아버지, 어디로 가세요?"

할아버지가 웃었다. 웃으면서 드러난 잇몸에는 이가 드문드문 남아 있었다.

"나도 어디로 가는지 모르겠구나."

위피알은 할아버지를 가로등 아래로 이끌어 기둥에 기대어 서도록 했다.

"집이 어디예요?"

"조그만 읍내에 있는데, 아마 여기서는 꽤 멀 거야."

할아버지가 위피알에게 반문했다.

"애야, 너 이 동네 사는 게 아니니?"

"네."

"그럼 어디 사니?"

"다시진이요."

"다시진? 들어 본 것도 같아. 거기 갔었는지 아닌지 기억이 가물가물하구나."

"산봉우리가 있어요. 까마귀 봉이요."

맹인 할아버지는 눈을 끔뻑거리며 기억을 더듬는 듯이 중얼거렸다.

"까마귀 봉? 까마귀 봉……?"

위피알은 할아버지에게 "먹을 걸 좀 드릴까요?" 하고 물으려 했다. 하지만 밥을 구걸하는 그릇 같은 것이 없는 걸 보고는 목구멍까지 올라온 말을 도로 쏙 집어넣었다.

"얘야, 할아버지한테 어디로 가는지 얘기해 주련?"

"저도 어디로 가는지 몰라요."

"그럼 왜 혼자 집을 나왔니?"

"아빠를 찾으려고요."

"아빠?"

"네. 우리 아빠는 새예요."

말을 마친 위피알은 기분이 이상했다. 그동안 길에서 만난 사람들은 전부 자기 말을 비웃고 무시했지만, 맹인 할아버지는 그러지 않았다. 그저 살짝 미소 지으며 호기심 어린 표정을 지을 뿐이었다. 의미심장하게 고개를 끄덕이기도 했다.

"할아버지는 왜 혼자 집을 나왔어요?"

"나는 아들을 찾고 있거든."

위피알은 할 말을 잊고 할아버지를 물끄러미 보았다.

할아버지는 위피알이 자신을 보고 있다는 걸 아는 것만 같았다.

"벌써 삼십이 년째 찾고 있단다."

"아들이 어디로 갔는데요?"

"네 살 때 잃어버렸어. 어디로 갔는지는 몰라."

위피알과 할아버지는 처음 만난 사이였는데도 어쩐지 서로 친근하고 정겨운 느낌이 들었다. 할아버지는 위피알에게 부축을 받으며 한 걸음 한 걸음 걸어서 버려진 창고로 가게 되었다.

12. 눈먼 할아버지

그 뒤로 며칠간 위피알은 맹인 할아버지와 함께 걸었다.
한 사람은 아들을, 한 사람은 아빠를 찾는 중이었다.

맹인 할아버지는 자기 보따리에서 먹을 것을 잔뜩 꺼냈다.

"얘야, 아직 저녁밥 못 먹었지? 이리 와서 이것 좀 먹어라. 할
아버지한테 먹을 게 아주 많아."

하늘에는 달이 휘영청 밝았다. 아무도 없는 이곳에서 달은
두 사람만을 비추는 듯했다.

위피알은 할아버지가 꺼낸 것들을 먹었다. 그런데 조금도 미
안하다거나 실례라는 느낌이 들지 않았다. 꼭 외할머니가 정성

껏 차려 준 음식을 먹는 듯한 기분이 들었다.

위피알이 맛있게 먹는 소리에 할아버지는 얼굴을 들고 환하게 웃었다.

"너는 분명히 남자아이겠구나. 그렇지?"

"맞아요!"

위피알은 소고기 육포를 입 안으로 쑤셔 넣고는 질겅질겅 씹으면서 이상하다는 듯이 할아버지를 보았다.

'내가 남자아이가 아니면 뭐야?'

할아버지는 웃음을 그치지 않았다. 위피알의 목소리에서 아들의 목소리가 떠올랐다. 누가 들어도 남자아이 목소리가 틀림없는데, 가만히 듣고 있으면 이상하게도 꼬마 아가씨가 이야기하는 것처럼 들리는 그런 목소리였다. 할아버지는 처음 위피알의 목소리를 들었을 때, 아니, 처음 위피알의 울음소리를 들었을 때 속으로 잠시 헷갈리기까지 했다.

'남자아이일까? 여자아이일까?'

물론 남자아이라는 걸 금세 알아챌 수 있었지만 말이다.

맹인 할아버지는 자신이 왜 그렇게 이상한 질문을 했는지 위피알에게 알려 주지 않았다.

두 사람은 창고의 볏짚 위에 나란히 누웠다. 위피알이 혼자 힘으로 볏짚을 잘 깔아 놓고 할아버지를 부축했다.

"할아버지, 잠자리 깔았어요."

할아버지는 푹신한 '침대'에 누웠다.

"이렇게 편안한 침대 위에 누워 본 게 얼마 만인지 기억도 안 난다. 얘야, 그러고 보니 여태껏 왜 울고 있었는지를 물어보지 않았구나."

위피알은 나쁜 아이들에게 돈을 빼앗기고 집이 생각나서 울고 있었다는 이야기를 들려주었다.

"전부 다 뺏긴 거야?"

"가방에 아직 삼백 위안이 남았어요."

"걱정하지 마라. 내일 아침에 할아버지가 돈 보태 줄게."

"괜찮아요."

"할아버지 돈 많아! 할아버지가 줄 테니까 가져가. 그 돈 가지고 아빠 찾으러 가야지."

둘 다 잠이 오질 않았다. 길에서는 다른 사람과 대화를 나눌 일이 거의 없으니 이럴 때라도 이야기를 나누고 싶었다. 두 사람의 대화에서는 새 이야기가 빠지지 않았다. 이런저런 얘기를 하다 보면 어느새 새 이야기로 돌아왔다. 위피알은 할아버지의 이야기를 자꾸만 더 듣고 싶었다. 재미있는 동화라도 듣고 있는 듯이 할아버지의 이야기에 빠져들었다.

어느덧 할아버지 이야기가 아들이 물에 빠졌을 때로 넘어갔다.

"돌도 안 지났는데 어찌나 빨리 걷는지 꼭 날아다니는 것 같았어. 어디를 가도 스스로 걷거나 뛰려고 하고, 어른들에게 안겨 있지를 않으려고 하는 거야. 뛰는 걸 너무 좋아해서 신나게 옹알이하면서 여기저기를 뛰어다녔지. 그런데 그날 유모가 잠깐 한눈판 사이에 애가 흔적도 없이 사라진 거야. 집 앞뒤를 전부 다 뒤졌는데도 찾을 수가 없었어. 한참 있다가 강가에서 발견됐지 뭐니. 강으로 어떻게 들어갔는지 몰라. 그나마도 어떤 애 둘이 허겁지겁 뛰어와서 우리 애가 물에 빠졌다고 알려 준 거야. 내가 집에 없었을 때라 애 엄마가 제일 먼저 강가로 뛰어갔지. 때마침 지나가던 청년이 다리 위에서 물로 뛰어들어 간신히 애를 구해 냈어. 나중에 애 엄마 말을 들어 보니까, 강가에 도착했을 때 커다란 새 한 마리를 보았다고 하더라고. 아주아주 거대한 새를 말이야. 그런데 그 새가 발톱으로 우리 아들 옷을 꽉 붙들고 있었다는 거야. 가라앉지 않게. 그러다가 사람이

오는 걸 보고는 애를 놓고 날아가 버렸대……. 나중에 내가 그
애들하고 마주쳤거든. 애들이 그러더라. 그 거대한 새가 물 위
를 오랫동안 지키고 있었다고. 수면 위를 계속 뱅뱅 돌던 새가
우리 아들이 물에 잠기려고 하니까 곧바로 달려들어서 두 발로
움켜잡고 옷을 위로 힘껏 끌어올렸다는 거야. 나는 그 말이 믿
기지가 않았어. 그런데 애 몸을 다시 살펴보니까 진짜로 할퀴어
서 난 상처가 있더구나. 그 새가 붙잡으면서 난 생채기가 말이
야……. 애야, 이 세상에는 말로는 확실히 설명할 수 없는 일들
이 참 많단다……. 마누라도 죽기 전에 이렇게 말했어. 그날 그
거대한 새를 분명히 봤다고. 내 눈으로 본 적은 한 번도 없지만,
그 새는 언제나 내 머릿속을 날아다니면서 마음속 깊이 간직되
어 있단다……."

대들보에 앉아 있던 검은숲이 달빛을 타고 위피알 곁에 있는
배낭 위로 내려앉았다.

"그래. 어떨 때는 그 새가 날개를 퍼덕이는 소리를 듣기도
해. 애야, 어떠니? 정말 이상하지?"

위피알은 넋을 놓고 이야기를 들었다.

"넌 아마 이런 생각을 하겠지. 이 할아버지는 왜 눈이 안 보

일까? 태어날 때부터 그랬을까?"

위피알이 할아버지 쪽으로 몸을 더 기울였다.

"할아버지가 태어날 때부터 눈이 안 보인 건 아니었단다. 젊었을 때는 시력도 아주 좋았지! 구름에 달빛이 가려서 남들 눈에는 잘 안 보이는 것도 아주 또렷하게 봤거든. 다른 사람들은 까마득하게 멀리 있는 산도 제대로 못 봤지만, 나는 그 산에 있는 나무까지 볼 수 있었어. 내 눈은 아들을 잃고서 멀게 됐단다. 그 애가 네 살이던 해였지. 애를 데리고 나갔다가 길에서 아는 사람을 만난 거야. 오랜만에 만난 탓에 안부를 묻지 않을 수가 없었어. 그러다가 아들을 그만 잃어버렸어. 잠깐 사이에 애가 사라진 거지. 나는 정신 나간 사람처럼 애를 찾으러 뛰어다녔단다. 그런데 도저히 찾을 수가 없더구나. 사람들한테 물어봐도 봤다는 사람이 없었어. 그때 이후로 나는 지금까지 그 애를 찾고 있단다. 삼십이 년이나 찾았어! 애야, 네가 비웃는다 해도 어쩔 수가 없지만, 다 큰 남자인 나는 아들을 잃고 여인네처럼 시도 때도 없이 울었단다. 그러다가 눈이 짓물러져 버린 거야. 계속 짓무르고 짓무르다가 나중에는 눈이 망가져서 치료도 할 수 없게 됐어. 결국 맹인이 됐단다. 눈이 멀었지만 나는 계속 찾아다녔어! 우리 마누라가 죽기 전에도 약속했어. 내 삶이 단 하루밖에 남지 않아도 나는 그 애를 찾아다닐 거라고. 얘야, 할아버지 집에는 원래 돈이 많았어. 그런데 아들을 찾아다니느라 가진 돈을 전부 다 써 버리고 마지막에는 살던 집마저도 팔았단다. 후회는 하지 않아. 아들을 찾기 위해서니까. 무슨 수를 써서라도 찾아야 하니까. 아들이 살아 있다는 걸 안단다. 분명히 잘 살아 있을 거야. 꿈에서 얼마나 자주 보았는지 몰라. 키 크고 건장하고 씩씩한 우리 아들, 지금이라도 내 앞에 서 있으면 내가 바로 알아볼 텐데……."

할아버지의 목소리가 갑자기 끊어졌다.

위피알이 할아버지를 불렀다.

"할아버지!"

할아버지의 목소리가 조금 가라앉아 있었다.

"할아버지 여기 있다."

이제는 위피알이 할아버지에게 이런저런 이야기를 잔뜩 늘어놓았다. 엄마, 외할머니, 커다란 새, 다시진, 까마귀 봉…….

한참을 종알거리던 위피알은 이야기를 하던 도중에 잠이 들어 버렸다.

이튿날, 할아버지는 검은숲이 "구구." 하는 소리를 듣고 위피 알에게 이야기했다.

"얘야, 쟤가 배가 고픈가 보다. 모이로 줄 게 있니?"

"있어요."

"내가 한번 줘 보자."

위피알은 배낭에서 밀과 옥수수 한 줌씩을 꺼내 할아버지의 손 위에 놓아 주었다. 이른 아침 쏟아지는 햇빛 아래, 맹인 할 아버지는 천진난만한 아이처럼 밀알과 옥수수알을 두 손으로 받쳐 들고 공중을 향해 고개를 들어 올렸다. 위피알은 화들짝 놀랐다. 평소 낯선 사람에게 경계심이 강한 검은숲이 하늘을 두 바퀴 맴돌더니, 아무런 망설임 없이 할아버지의 팔 위에 내 려앉는 게 아닌가. 검은숲은 할아버지 손에 있는 밀과 옥수수 알을 쪼아 먹기 시작했다.

"그 거대한 새가 구해 준 인연인지, 우리 아들도 그 후로 새 를 아주 좋아하게 됐단다. 이 세상에 새 말고 다른 건 관심도 없는 것처럼 빠져들었지. 새들도 그 애를 좋아하고. 아무도 믿 지는 않지만, 한번은 이런 일도 있었어. 그 애를 잃어버리기 며 칠 전 일이야. 애가 강가에서 놀다가 돌아왔는데, 꽁무니에 거위를 한 마리를 달고 왔더라고. 다들 어느 집에서 키우는 거위일 거로 생각했지. 그런데 거위가 갑자기 무언가에 놀라서 날개를 푸드덕거리며 하늘로 날아오르는데, 세상에 그게 백조였더라고……."

그 뒤로 며칠간 위피알은 맹인 할아버지와 함께 걸었다. 한 사람은 아들을, 한 사람은 아빠를 찾는 중이었다. 그런데 다섯째 날 아침, 할아버지가 보이지 않았다. 위피알은 딱히 놀라거나 당황하지는 않았다. 할아버지가 벌써 몇 번이나 먼저 가라고 이야기했기 때문이다.

"나는 눈이 안 보여서 걷는 게 너무 느리잖니. 나 때문에 네 아빠 찾는 게 늦어져서는 안 되지."

할아버지는 이런 말도 했었다.

"내가 저축해 놓은 돈이 좀 있는데, 도중에 돈이 떨어지면 사촌 형님에게 연락해서 돈을 좀 부쳐 달라고 하거든. 마음씨 착한 사람에게 부탁해서 내가 기다리는 곳까지 돈을 보내 달라고 하는 거지. 만약에 네가 아침에 일어났는데 할아버지가 보이지 않거든 네 옷 호주머니를 잘 살펴보거라."

그 말이 떠오른 위피알은 얼른 호주머니를 뒤져 보았다. 진짜 돈이 있었다. 나쁜 녀석들에게 뺏긴 돈보다 오백 위안이나 더 많은 돈이었다!

위피알은 서둘러 배낭을 짊어지고 할아버지를 찾으러 길을 나섰다. 하지만 할아버지의 모습은 끝내 찾지 못했다. 그래서 혼자 속으로 감사 인사를 전해야 했다.

'고마워요, 할아버지!'

위피알은 할아버지가 당부한 대로 공중전화를 찾아내 엄마에게 전화를 걸었다. 안전하게 잘 있다고, 조금만 더 있다가 돌아갈 거라고 엄마를 안심시켰다. 그리고 어디냐고 묻는 엄마의 말이 끝나기도 전에 황급히 전화를 끊어 버렸다.

며칠이 지나도록 위피알은 맹인 할아버지 걱정에 마음이 놓이지 않았다. "난 이제 곧 움직이기도 힘들 것 같구나. 언제 쓰러져도 이상하지 않겠지."라는 할아버지의 말을 들었기 때문이다. 그때 할아버지는 하늘을 올려다보며 이렇게 이야기했다.

"가을이 코앞으로 다가왔는데, 할아버지가 가을까지나 버틸 수 있을지 모르겠구나!"

13. 이끌림

그들은 마치 서로를 끌어당길 듯 상대방을 응시했다.
기억은 나지 않지만 분명 어디선가 본 적이 있는 것만 같았다.

위피알이 집을 떠나 새를 찾아 나선 사이, 한 조류학자가 까마귀 봉 일대를 찾아왔다. 나이가 서른대여섯쯤 된 그는 크고 건장한 체격에 활달하고 생기 넘치는 남자였다. 등산화를 신고 카우보이모자를 썼으며 배낭과 카메라를 둘러맨 남자는 까마귀 봉을 중심으로 사방 백여 킬로미터 범위에서 각양각색의 새들을 찾아내고 관찰하는 중이었다. 이곳은 그야말로 새들의 천국이었다.

사실 조류학자는 십여 년 전에도 새를 관찰하기 위해 이 산 일대를 삼 년이나 들락날락했다. 그러다 낙엽이 지는 어느 가을날에 뒤도 돌아보지 않고 이곳을 떠났다. 그는 곧장 이탈리아 로마로 향했다. 거기서 공부와 연구를 십 년 정도 하고 다시 이곳으로 돌아왔다. 그 십여 년의 시간은 그가 원래 가지고 있던 조류 지식과 조류의 존재 의미에 관한 인식을 완전히 바꾸었다. 또한 전 세계 구석구석을 다니면서 예전에 보지 못했던 새들을 수도 없이 만나며 큰 기쁨을 느꼈다.

그러나 조류학자의 마음속 가장 깊은 곳에서 언제나 살아 숨 쉬는 새는 바로 이 고원에 있는, 이 고원에만 사는 새였다. 그는 몇 년이나 이곳을 찾지 않았다. 사실 돌아오고 싶지도 않았다! 심지어 떠올리는 것조차 거부했다. 더 정확히는 '까마귀 봉'으로 돌아오고 싶지 않았다. 그렇지만 이곳은 아득히 넓은 그의 마음속에서 십 년을 하루 같이 버티고 있었다.

결국, 조류학자는 이곳으로 돌아오고 말았다.

그의 배낭 속에는 이곳 새들에 관해 쓴 두꺼운 조류도감이 들어 있다. 예전에 이곳을 삼 년간 드나든 성과였다. 다시 돌아온 지금, 그는 당시에 보았던 새들과 그때 미처 발견하지 못했던 새들을 하나하나 눈으로 확인했다. 숲속과 덤불 사이, 혹은 개울가에서 새들을 만날 때마다 꼭 손을 흔들며 마음에서 우러난 인사를 전했다.

"안녕!"

어떤 새를 보면 예전의 달콤하고 따뜻했던 추억이 불현듯 떠올랐다. 그래서 저도 모르게 눈시울이 뜨겁게 젖어 들었다.

어느 날, 조류학자가 까마귀 봉 서쪽의 나지막한 산봉우리 위에 앉아 쉬고 있을 때였다. 까마귀 봉과 그 아래에 끝없이 펼쳐진 광활한 협곡, 그 협곡을 따라 뻗어 있는 산등성이를 보고 있자니 높은 하늘 위로 훨훨 날아오르고 싶은 욕망이 강렬하게 끓어올랐다.

이탈리아에 머물렀던 두 번째 해에 그는 글라이딩 클럽에 가입했다. 그리고 몇 년간 영혼마저 자유로워지는 활공 비행을 꾸준히 해 왔다. 패러글라이더 등 기구를 이용한 비행이 아니라, 어떤 기구에도 의존하지 않고 날다람쥐 같은 옷만 입은 채 하늘을 나는 비행이었다. 새가 된 느낌, 아니, 새가 되어 창공을 자유롭게 날아다니는 느낌을 주는 것은 활공 비행이 유일하기 때문이었다.

그걸 배울 당시, 클럽에서는 그에게 이렇게 경고했다.

"이 비행은 너무도 위험합니다."

그러나 그는 조금도 주저하지 않았다.

"두렵지 않습니다."

마침내 글라이딩 클럽에서는 혹여 죽더라도 모든 책임을 스스로 진다는 계약서에 서명하라고 했고, 그는 계약서를 읽지도 않고서 곧장 자기 이름을 써 내려갔다. 그때 했던 멋들어진 사인 역시 새의 모습을 본떠 만든 것이었다.

조류학자는 아주 멋진 윙슈트(양팔과 양다리 사이가 날개처럼 이어져 공기의 저항을 이용해 공중 활강을 할 수 있게 만든 옷: 옮긴이)를 갖고 있었다. 슈트 만드는 제조업자를 직접 찾아가 설득하고, 전문 디자이너에게 의뢰해서 자신만을 위한 윙슈트를 다섯 벌이나 만들었다. 또한 모자 디자이너를 시켜 새 머리 모양의 헬멧도 제작했다. 그 슈트와 헬멧을 착용한 채 하늘을 비행하면 그를 보는 모두가 저건 새일 거라고 깜빡 속아 넘어갔다.

눈 앞에 펼쳐진 산봉우리와 협곡, 산등성이를 이리저리 훑어보던 그는 불현듯 깨달았다. 지금껏 수많은 곳에서 비행을 해왔지만 이처럼 멋지고 훌륭한 장소는 없었다. 이곳이야말로 공중에 몸을 날려 자유롭게 비행하기에 최고로 알맞은 장소였다.

조류학자는 속으로 활공할 날짜를 셈해 보았다.

기다려야 했다. 가을이 와야 했다. 그때의 하늘은 쾌청하고 바람은 자유로우며, 한없이 높고 한없이 넓어 비할 데 없이 황홀하고 신비로우니까.

곧 가을이다. 여름이 막바지를 향해 달려가고 있었다.

그때까지는 당분간 새를 찾아다니기로 했다. 이곳에서 보지 못했던 새들을 새로 발견하기도 했지만 원래는 있었는데 이제는 종적을 감춘 새들도 있었다. 그는 그 점이 걱정스럽고 가슴 아팠다.

조류학자가 위피알이 그린 그림을 발견한 건 어느 작은 마을에서였다.

처음에 새 그림을 보았을 때는 잠시 착각했다. 진짜 새라고 생각한 것이다. 새를 놀라게 하면 날아가 버릴까 봐 몰래 살금살금 다가가기까지 했다. 그림이라는 걸 알아채고는 화들짝 놀라고 말았다. 이미 사라져 버렸다고 생각한 새의 그림이었으니까. 이곳에 처음 왔던 삼 년 동안 그는 줄곧 그 새를 찾아다녔다. 그때 한 선배는 그 새를 발견할 가능성이 거의 '0'에 가깝다고 했다. 자기도 그 새를 어쩌다 한 번 보긴 했지만 그것도 이미 몇 년 전 일이라는 것이다.

그래서 위피알의 그림을 발견한 조류학자는 바닥에 주저앉은 채 벽에 있는 새 그림을 오래도록 쳐다보았다.

얼마 지나지 않아 그는 두 번째 그림, 세 번째 그림도 발견했다.

"도대체 누가 그렸을까?"

전문가의 눈으로 봤을 때, 그림 속 새의 겉모습이 실제와 정확히 일치한다고 말하기는 어려웠다. 그러나 새의 표정과 자태만은 실제와 꼭 맞아떨어졌다. 한참이나 그림을 보던 그는 자기도 모르게 탄식했다.

"진짜 새보다 더 진짜 같잖아!"

궁금증이 마구 일었다. 새를 그린 사람은 화가일까, 아니면 조류학자일까? 화가라면 어떻게 이런 새들을 알게 되었을까? 조류학자라면 어떻게 이렇게 살아 있는 것처럼 생동감 넘치는 그림을 그릴 수 있었을까? 왜 벽이나 이곳저곳에 새 그림을 그리는 걸까? 무슨 뜻이라도 있는 걸까?

도무지 종잡을 수 없었지만 한번 끝까지 쫓아가 보고 싶었다. 그래서 새를 찾는 작업은 잠시 미뤄 두고 새를 그린 사람을 찾아 나서기로 했다. 새 그림을 만날 때마다 그림 아래에 새의 이름을 써넣고도 싶었다.

얼마 후, 누가 새 그림을 그렸는지 수소문하다가 사람들에게서 전혀 상상도 못 한 답변을 듣게 되었다. 열한 살쯤 된 소년이 그렸다는 것이다.

"말도 안 돼!"

그런데 다음 사람도, 그다음 사람도, 또 그다음 사람도 똑같은 말을 하자, 그는 사람들의 말을 믿을 수밖에 없었다. 이쯤 되자 그림을 그린 사람을 보고 싶다는 간절함은 걷잡을 수 없이 커졌다. 그러나 신기루와도 같은 그 아이는 좀처럼 따라잡히지 않았다. 그는 좀 더 힘을 내 보기로 했다. 아이를 따라잡기 위해 며칠 동안 밤낮을 가리지 않고 부지런히 걸었다.

한편, 위피알은 자신의 길을 가는 중이었다. 왜 이리 갔다 저리 갔다 하는지는 자신도 설명할 수 없었다. 조류학자가 위피알을 따라잡지 못하는 이유도 위피알의 진행 방향에 규칙성이 전혀 없기 때문이었다. 정확한 방향을 모르는 조류학자는 아주 천천히 참을성 있게, 주변 사람들에게 묻고 또 물으며 전진해 나갔다. 헛걸음도 수없이 했다.

조류학자가 위피알과 마주친 것은 어느 날 오후 다섯 시 무렵이었다.

위피알은 작은 마을에 있는 벽에 새를 그리고 있었다. 겨우 반 정도만 그려져 있었지만 조류학자는 그게 어떤 새인지 알아보았다. 그는 위피알의 뒤에 아무 말 없이 서서 넋을 놓고 그림을 쳐다보았다.

뒤에 누군가가 있다는 것을 눈치챈 위피알이 갑자기 돌아보았다. 위피알의 눈과 조류학자의 눈이 마주쳤다. 그 순간, 위피알의 눈이 구름을 뚫고 나온 별빛처럼 반짝 빛났다. 그의 눈 역시 환하게 밝아지는 기분이었다.

그들은 마치 서로를 끌어당길 듯 상대방을 응시했다. 기억은 나지 않지만 분명 어디선가 본 적이 있는 것만 같았다.

얼마나 지났을까. 위피알은 작품을 완성하지 못했다는 걸 깨닫고 다시 그림 그리기로 돌아갔다.

조류학자는 털썩 자리를 잡고 앉아서 가만히 그 모습을 지켜보았다. 위피알은 그림을 그리는 와중에도 힐끔힐끔 조류학자를 보았다.

그때 멀지 않은 곳에서 발소리가 들려왔다. 인적이 드문 곳이라 소리가 아주 또렷했다. 발소리가 점점 커졌다. 누군가가 이쪽으로 다가오는 듯했다.

항상 몰래 그림을 그려왔던 위피알은 다급한 발소리에 경계 태세를 갖추고 소리가 들려오는 쪽을 바라보았다. 그리고 크게 당황했다. 자기가 있는 쪽을 향해 달려오는 사람이 다름 아닌 예수 아저씨였기 때문이다! 위피알은 왜 예수 아저씨가 여기로 왔는지 단번에 알아챘다. 분명 외할머니가 자기를 잡아 오라고 시켰을 것이다.

다행히 예수 아저씨는 아직 자신을 발견하지 못한 듯했다.

위피알은 그림 도구를 배낭에 쑤셔 넣고 등에 얼른 둘러멨다. 그리고 쥐새끼처럼 벽을 따라 달려서 눈 깜짝할 사이에 어느 골목으로 꺾어 들어갔다. 근처 돌기둥 위에 있던 검은숲도 휘리릭 날아서 그 뒤를 따랐다.

혼비백산해서 달아나는 위피알을 보고 조류학자도 깜짝 놀랐다. 그는 우선 위피알이 도망가는 걸 내버려 둔 채 자리에서 엉거주춤 일어났다. 그리고 사방을 두리번거리는 예수를 발견했다.

예수가 점점 가까이 다가왔다.

서로를 마주한 두 사람은 왠지 모르게 미심쩍은 눈빛으로 상대방을 보았다.

'이 사람을 어디서 봤더라?'

발걸음이 느려졌지만 예수는 여전히 앞을 향해 나아가고 있었다.

조류학자는 위피알이 떠올라 예수를 다시 한번 쳐다보고는 황급히 골목 안으로 달려 들어갔다. 그러나 위피알은 그림자도 찾을 수 없었다.

한편 위피알은 골목을 단숨에 빠져나간 후 길가에 세워진 빈 마차를 발견했다. 우선 배낭을 짐칸에 던져 넣고는 자기도 위로 기어올랐다.

공중을 날던 검은숲 역시 위피알의 휘파람 소리에 천천히 배낭 위로 내려앉았다.

사실 조류학자가 골목으로 뛰어들었을 때도 마차는 아직 그 자리에 서 있었다. 그는 짐칸 바닥에 바짝 엎드린 위피알을 발견하지 못했다. 예수에게 이런 상황을 들키고 싶지는 않았다. 이유는 잘 모르겠지만, 심장이 갑자기 쿵쾅쿵쾅 뛰었다. 자신이 찾고 있던 소중한 보물이 코앞에 와 있는 것 같았다. 아직

확실히 알아보진 못했지만 무척이나 가까이에 와 있다는 예감
이 들었다.

그사이 마차를 부리는 사람이 돌아왔다. 찰싹찰싹 채찍 휘두
르는 소리와 함께 마차는 덜거덕덜거덕하며 자리를 떠났다.

아무것도 모르는 조류학자는 해가 질 때까지 마을을 이 잡듯
이 뒤지고 다녔다. 그러나 결국 자기 이마를 치고 깊이 탄식하
며 아이 찾기를 포기할 수밖에 없었다.

14. 눈물

어느 날, 산어귀 무덤 앞을 지나던 행인이 무언가를 발견했다. 무덤 한쪽에 닿아 있는 반질반질한 돌덩어리 위에 크나큰 새 그림이 남겨진 것을…….

외할머니는 계속해서 예수의 보고를 들었다. 그는 이곳저곳을 돌아다니며 그림 그리는 위피알을 매번 신나고 즐겁게 묘사했다. 예수가 정말 이 일의 심각성을 몰라서일 수도 있고, 위피알의 외할머니와 엄마를 안심시키려는 의도일 수도 있다. 어쨌든 예수는 외할머니와 엄마에게 위피알이 잘 지내고 있다는 인상을 심어 주었다.

"아주 재미있게 잘 지내요. 안전하고요. 안 그러면 어떻게 그렇게 신나고 즐겁게 새를 그려 놓겠어요?"

예수는 입버릇처럼 감탄했다.

"새 그림이 갈수록 더 훌륭하고 멋있어져요. 벽에 있는 새가
날아갈까 봐 걱정될 정도라니까요."

그런데도 외할머니와 엄마는 마음이 놓이지 않았다.

예수는 대수롭지 않은 것처럼 이야기했다.

"괜찮아요, 제가 따라붙고 있잖아요! 그 새들을 잘 따라가고
있다니까요."

하지만 예수의 속마음은 그렇지 못했다.

'왜 자꾸 뒤꽁무니만 쫓게 되는 거지? 그림은 잔뜩 보이는데
왜 따라잡지를 못하는 거야?'

아무리 생각해도 답은 이것뿐이었다.

'이 애는 보통 애가 아니야!'

예수는 위피알이 꼭 하늘에서 떨어지기라도 한 것처럼 고개
를 들어 위를 쳐다보았다.

위피알이 선택한 길은 역시나 그 누구도 생각하지 못할 희한
한 경로였다.

그 후로 며칠간 위피알은 그때 마주친 조류학자를 문득문득

떠올렸다.

'그 사람은 누구지?'

위피알은 자기를 보고 있던 사람이 떠올라 멍하니 생각에 잠겼다. 그러다 이제 그 사람이 앞에 없다는 걸 깨닫고 얼른 시선을 거두었다. 하지만 속으로는 여전히 생각이 끊이질 않았다. 그 사람이 떠올랐고, 새들이 떠올랐다. 그 사람과 새들이 머릿속에서 자꾸만 겹쳐 보였다.

맹인 할아버지, 물 위에서 날아올랐다는 커다란 새도 떠올랐다.

그리고 외할머니, 엄마, 그리고 예수 아저씨. 위피알은 그들을 떠올리며 자신이 가는 길을 함께한다고 생각했다. 그러자 더는 외롭지 않았다. 기분이 좋아져 노래가 절로 나왔다. 다시진 사람들이 자주 부르던 그 노래는 엄마에게서 배웠고, 외할머니에게서는 더 많이 배웠다. 입에서 입으로 대대로 전해 내려온 노래 중에는 위피알이 이해할 수 없는 노랫말도 많았다. 위피알도 그 뜻을 굳이 알려고 하지 않았다.

그날 점심, 위피알은 산어귀에 자리 잡은 마을에 도착했다.

그런데 마을에 무슨 일이라도 일어난 모양이었다. 사람들이 모여 무언가를 심각하게 이야기하고, 분주하게 이곳저곳을 오갔다. 모두가 불안한 기색이었다. 동네 아이들도 장난기 없이 어른들이 하는 이야기에 귀를 기울였다. 사람들은 마을에 나타난 위피알의 존재조차 알아차리지 못하고 있었다.

위피알은 이야기를 엿들었다. 한 떠돌이 노인네가 마을 뒤에 있는 큰 나무 아래에서 죽었다고 했다.

사람들이 마을 뒤로 우르르 몰려갔다.

그 노인네가 맹인이었다는 이야기를 들은 위피알은 한참을 멍하니 있다가 얼른 정신을 차리고 허겁지겁 마을 뒤편으로 달려갔다. 그러다 튀어나온 돌부리에 걸려서 몸이 앞으로 확 쏠렸다. 두 팔을 물장구치듯 허우적거렸지만 그대로 넘어지고 말았다. 배낭 속에 있던 래커 스프레이가 길 위로 쏟아져 땡그랑땡그랑 소리를 내며 굴렀다. 두 손바닥이 쓸리고 까져서 피가 배어 나왔다. 그러나 손바닥을 쳐다볼 겨를이 없었다. 아픔도 느껴지지 않았다. 위피알은 벌떡 일어나 다시 앞으로 달려 나갔다.

앞서 날아간 검은숲은 위피알이 달려오는 동안 이미 큰 나무의 상공에 도착했다. 그리고 공중에서 낮게 빙빙 맴돌았다.

나무 앞에는 마을 사람들이 꽤 모여 있었다. 사람들은 나무에서 삼사 미터쯤 떨어진 곳에 서서 속닥거리며 나무 아래 노인을 힐끔거렸다.

위피알이 사람들을 헤치고 맨 앞으로 나갔다.

아니나 다를까, 바로 그 맹인 할아버지가 아닌가!

할아버지는 나무에 기대 잠든 것처럼 보였다. 그러나 고개만큼은 평소처럼 떨구지 않은 채 하늘로 향해 있었다. 다 낡아빠진 짐보따리만이 할아버지 곁을 지켰다.

위피알이 앞으로 두어 걸음 다가섰다.

그제야 사람들의 눈이 위피알에게로 쏠렸다. 마을 사람들은 배낭을 멘 낯선 아이를 보고 생각했다.

'이 아이가 저 노인네를 아는 건가? 저 노인과 무슨 사이지?'

위피알은 꼼짝도 하지 않고 서서 할아버지를 응시했다. 손바닥에서 배어 나온 빨간 피가 바람에 시커멓게 말라붙었다.

잠시 후, 위피알의 눈가에 눈물이 고였다. 방울방울 맺힌 눈물은 턱을 따라 흘러내렸다.

한 어르신이 맹인 할아버지를 가리키며 위피알에게 물었다.

"아는 분이니?"

위피알이 고개를 끄덕였다.

"너하고 무슨 사이야?"

위피알은 아무 대답도 하지 않았다.

"네 할아버지야?"

위피알이 고개를 끄덕이려다 이내 가로저었다.

"어디서 알게 된 분이니?"

"길에서요."

사람들은 배를 곯는 노인네와 먹을 게 궁한 어린애가 길을 떠돌다 서로 만나게 된 장면을 상상했다.

위피알이 사람들에게 알려 주었다.

"할아버지는 아들을 찾는다고 했어요. 네 살 때 헤어졌는데 삼십이 년 동안 찾고 있다고요."

곁에 있던 사람이 물었다.

"그럼 너는?"

"아빠를 찾고 있어요."

위피알은 "우리 아빠는 새예요."라는 말도 덧붙이고 싶었지만 그렇게 하지 않았다.

사람들은 서로 마주 보며 어찌할 바를 몰랐다. 이 세상에는 생각지도 못한 기구한 사연이 참 많다고 생각할 뿐이었다.

어르신이 다시 물었다.

"이분 댁이 어딘지 알아?"

위피알은 고개를 저었다.

찌는 듯한 날씨 때문인지 "오래 두어서는 안 된다."는 말이 오갔다. 마을 책임자 몇몇이 이 일을 어떻게 처리해야 할지 상의하기 시작했다. 그들은 노인의 시신을 시내로 보내 화장하고 적당한 곳을 찾아 묻어 드리자는 결론을 내렸다.

그러나 문제가 있었다. 그러려면 돈이 필요했다!

위피알이 호주머니에서 가진 돈을 전부 꺼내 어르신 앞에 내밀었다.

"여기……."

그러자 어르신이 손을 밀어냈다.

"네 돈을 어떻게 쓰겠니."

"이 돈도 할아버지가 준 거예요."

위피알은 그렇게 대답하고는 고개를 돌려 할아버지를 보았다.

잠시 후, 사람들이 할아버지의 보따리에서 돈을 찾아냈다. 위피알의 돈은 한사코 받지 않았다.

어른들이 마차에 할아버지의 시신을 싣고 화장을 하러 갔다. 위피알은 마을에서 기다리기로 했다.

마을 사람들은 무척이나 선량하고 정이 많았다. 마을 목수 몇 명은 할아버지를 화장하는 데 필요한 관을 서둘러 짜 주기까지 했다.

위피알은 그런 마을 사람들을 쭉 지켜보았다.

검은숲도 위피알 어깨 위에서 함께했다.

황혼 무렵, 할아버지의 유골이 땅에 묻혔다.

할아버지를 위해 울어 줄 사람은 위피알, 딱 한 명뿐이었다.

위피알은 울면 울수록 더욱더 마음이 아팠다. 함께 있던 마을 사람들도 그 모습에 마음이 흔들렸다. 땅속에 묻히는 순간에 울어 주는 사람이 가족이 아닌 길에서 만난 아이라니, 떠돌이 노인의 신세가 그렇게 처량하게 느껴질 수가 없었다. 몇몇 여인들도 소리 없이 눈물을 흘렸다.

위피알의 울음은 통곡으로 바뀌었다. 그러자 아주머니 몇 명이 위피알을 달래며 무덤에서 조금 떨어진 곳으로 데려갔다.

어둠이 깔리고 사람들이 하나둘씩 흩어졌다.

사람들이 인제 그만 가자고 위피알을 이끌었지만, 위피알은 사람들을 피해 자꾸만 할아버지의 무덤가로 향했다.

그날 달빛은 한없이 맑고 깨끗했다. 환한 빛이 먼 산과 가까운 산, 커다란 나무와 작은 관목까지 천지 만물을 밝게 비쳤다. 밤이지만 근처에 핀 들꽃까지 또렷하게 보였다. 그러나 멀리서 보면 어차피 밝기만 다른 검은 그림자일 뿐이었다.

마을 사람들은 멀찍이서 할아버지 무덤과 그 곁에 있는 위피알을 보았다. 검은 그림자가 선명하게 눈에 띄었다. 그들은 위피알을 보며 이런저런 말을 주고받았다.

"어리게만 보이는 아이가 어쩜 저리도 속이 깊을까."

"참 별난 아이야. 저렇게 옆에 앉아 있으면 안 무서운가?"

"아빠를 찾는다고 했나? 어디서 찾는다는 거지? 설마 아빠를 찾는 게 집 나간 닭이나 오리 찾는 일처럼 쉽다고 생각하는 걸까?"

위피알은 건빵을 씹으며 할아버지 무덤 옆에 가만히 앉아 있었다. 그러다 잠이 쏟아져서 그대로 누워 잠이 들었다.

다음 날, 위피알은 산비탈 길에서 야생화를 잔뜩 꺾어다가 할아버지 무덤 위에 깔아 놓았다.

그렇게 사흘 밤낮을 무덤 곁을 지켰다. 마을 사람들은 위피알에게 음식을 가져다주기도 하고, 그만 갈 길을 가라고 이야기하기도 했다. 위피알은 사람들이 준 음식은 고맙게 받았다. 하지만 어떤 설득에도 그 자리를 떠나지는 않았다.

검은숲도 위피알의 어깨나 할아버지 무덤 위에서 시간을 보냈다.

사람들은 밤마다 조용히 무덤을 지키는 조그만 아이와 비둘기 그림자에서 눈을 떼지 못했다.

넷째 날 저녁, 아이와 검은 비둘기는 사라지고 무덤만 홀로 덩그러니 남았다.

어느 날, 산어귀 무덤 앞을 지나던 행인이 무언가를 발견했

다. 무덤 한쪽에 닿아 있는 반질반질한 돌덩어리 위에 크나큰
새 그림이 남겨진 것을······.

15. 우리는 한 팀

"사실 우리는 한 팀이야. 너도 새를 좋아하고 나도 새를 좋아하니까.
내가 무슨 일을 하는지 아니? 전문적으로 새를 연구하는 일을 해.
조류학자라고!" 그가 으스대며 말했다.

위피알은 그 마을의 이름 '더우춘'을 단단히 기억해 두었다.
그리고 맹인 할아버지에게 맹세했다.

"나중에 엄마랑 외할머니하고 자주 올게요."

위피알은 물 위를 나는 커다란 새를 무덤가에 그려 놓았다.
상상해서 그린 새였다.

위피알은 할아버지 곁을 떠났다.

발걸음이 갈수록 가뿐해지며 속도가 붙고, 까닭 모를 흥분과 기쁨이 때때로 마음속에서부터 용솟음쳤다.

한편, 조류학자는 다시 위피알의 뒤를 쫓고 있었다. 단서가 자꾸만 끊어졌지만 계속해서 새 그림을 찾아냈다. 이제 그는 조류학자가 아니었다. 신비하고 종잡을 수 없는 어떤 소년을 찾는 탐정이 되어 있었다. 그는 자신이 찾은 실마리를 총동원해 위피알이 향하는 방향을 짐작해 내고, 조금씩 조금씩 그 경로의 규칙성을 알아냈다. 위피알은 아마도 둥근 원을 그리며 이동하는 듯했고, 그 중심에는 까마귀 봉이 있었다.

커다란 원에서 시작해 그 반경을 점점 좁혀 나가는 방식은 조류학자가 예전에 이곳에 왔을 때 선택했던 경로와 많이 닮아 있었다.

원의 반경을 한 번 좁힐 때마다 새로운 새를 발견했던 일이 아직도 기억 속에 생생하다. 그런데 사실 그 법칙을 처음 발견한 사람은 그가 아니었다. 그와 함께 새들의 세상을 누비고 다니는 걸 좋아하던 한 아가씨였다.

그가 보았던 조류학 저서 어디에도 그런 이론은 등장하지 않았다. 그러나 총명하고 지혜로운 그녀의 눈빛에 사로잡힌 그는 그녀의 말을 한 치 의심도 없이 굳게 믿었다. 그래서 실제로 원을 그리며 나아간 결과, 이 일대 조류를 관찰하여 발간한 조류 탐사기록에 올라 있지 않은 새가 무려 백이십육 종이나 더 있다는 사실을 알아냈다.

그런 생각을 하며 걷다 보니 옛 추억이 새록새록 피어올랐고, 처음에는 아는 새가 참새와 까마귀밖에 없었던 그녀가 다시금 떠올랐다. 그는 자신이 오랫동안 연구해 왔던 새의 세계를 그녀 덕분에 다시 보게 되었다. 그와 동시에 눈앞이 환하게 밝아지면서 새들의 세상이 시로 충만한 곳임을 알게 되었다. 그러자 새 한 마리 한 마리가 전부 시로 다시 태어났다. 그 덕분에 유학길에 오른 지 십 년이 지나도록 자신의 전공을 대하는 눈빛과 마음가짐은 늘 한결같았다. 그리고 새에 관한 그의 묘사와 견해는 로마에서 만난 조류학자들에게 언제나 신선함과 놀라움을 선사했다.

그녀와의 만남으로 많은 일이 있었지만, 우연히 둘을 만나게 해 준 하늘의 뜻에는 늘 고마운 마음이 들었다.

그리고 지금, 이 소년을 알게 된 것도 하늘의 뜻이라고 느꼈다. 그래서 반드시 그 애를 따라잡아 만나고 싶었다.

사흘 후, 조류학자는 어느 강가 모래톱에서 위피알과 마주쳤다. 그의 눈에 먼저 들어온 것은 위피알이 아니라 검은숲이었다. 검은숲이 먼저 그에게로 날아오더니 다시 뒤돌아 날아가는 게 아닌가. 마치 자신을 부르고 앞장서서 길을 안내하는 것만 같았다. 강물에 몸을 담근 위피알을 확인한 그가 고개를 들어 검은숲을 바라보았다.

'사람과 통하는 영특한 비둘기구나!'

위피알은 맑은 물에서 즐겁게 목욕을 하고 있었다.

조류학자가 멀찍이 떨어진 강가에서 모자를 벗어들고는 위피알을 향해 흔들었다.

"애야!"

위피알은 그가 다가오는 걸 보고 다급하게 강둑으로 기어올라 옷을 입으려 했다. 하지만 이내 돌아서서는 도로 물속에 들어가 버렸다. 옷을 너무 멀리 벗어 놓은 바람에 가서 주워 입으려면 벌거벗은 몸을 다 보여야 하기 때문이었다.

조류학자는 자기 배낭을 위피알의 배낭 옆에 놓고 말을 걸었다.

"온종일 걸었더니 땀이 많이 났거든. 아무래도 좀 씻어야겠지?"

그와 동시에 신발과 옷을 벗기 시작했다.

위피알은 몸을 물속에 담근 채 흠뻑 젖은 머리만 쏘옥 내밀고 있었다.

조류학자가 와다닥 달려와 물속으로 풍덩 뛰어들었다. 물방울이 사방으로 튀었다.

위피알 눈에 조류학자의 몸집은 어마어마하게 커 보였다.

조류학자는 물 만난 고기처럼 능숙하게 헤엄쳤다. 그가 아주 아주 어린 꼬마였을 때 한 남자가 수영을 가르쳐 주었다. 비록 어렴풋한 기억만 남아 있을 뿐이지만. 강물과 남자. 이 모든 광경이 흐릿하게만 떠올랐고, 그 모습은 영영 걷히지 않는 짙은 안개에 둘러싸여 있었다. 흐릿하고 몽롱한 느낌에 사로잡힐 때면 언제나 이런 물음이 떠올랐다.

'내가 어릴 때 물에 빠져 죽을 뻔한 일이 있었던가? 그래서 어린 나이에 수영을 배우게 된 걸까? 헤엄치는 걸 가르쳐 준 남자는 누구지? 내 아버지였을까?'

확실한 건 단 하나뿐이었다. 그는 아주 어린 시절부터 헤엄을 잘 쳤고, 또 물에서 노는 걸 좋아했다는 것이다.

조류학자가 아주 깊은 곳까지 자맥질해 들어가더니 수면 위로 한참이나 모습을 드러내지 않았다.

그러자 당황한 위피알이 새까만 눈을 도르르 굴리며 물 위를 살폈다.

그때 위피알의 뒤에서 그가 물 밖으로 나왔다. 그리고 위피알에게 "여기야!"라고 외쳤다.

얼른 뒤를 돌아보는 위피알에게 조류학자가 환한 웃음을 지어 보였다.

해가 강 저편으로 뉘엿뉘엿 내려앉았다. 붉은 금빛의 석양이 서쪽에서 동쪽으로 넘실거리며 다가와 두 사람을 환하게 물들였다.

조류학자가 절반밖에 남지 않은 해를 보며 말했다.

"그만 올라가자."

위피알은 꿈쩍도 하지 않았다.

조류학자는 위피알이 왜 물 밖으로 나가지 않는지 눈치채고는 터져 나오는 웃음을 참을 수가 없었다. 그래서 먼저 물 밖으로 나가서 배낭에서 수건을 꺼내고는 위피알의 배낭 위에 얹어 주었다.

"안 볼 테니까 올라와. 날이 쌀쌀해지니까 몸 잘 닦고."

그러고는 자기 옷을 챙겨 나무 뒤로 몸을 피했다.

위피알은 얼른 뭍으로 올라와 조류학자가 준 수건으로 몸을 대충 닦고 옷과 신발을 주워 입었다.

"다 입었어?"

조류학자가 나무 뒤에서 소리쳤다.

"다 입었어요!"

조류학자가 저벅저벅 걸어 나왔다. 위피알의 머리칼이 아직 젖은 것을 보고 수건으로 잘 말려 주었다.

"넌 이제 어디로 갈 거야?"

위피알은 저녁놀이 비치는 서쪽을 가리켰다.

"저쪽이요."

"그럼 같이 가자."

위피알이 '아저씨도 그쪽으로 가요?'라고 묻는 듯이 조류학자를 멀뚱멀뚱 쳐다보았다.

"사실 우리는 한 팀이야. 너도 새를 좋아하고 나도 새를 좋아하니까. 내가 무슨 일을 하는지 아니? 전문적으로 새를 연구하는 일을 해. 조류학자라고!"

그가 으스대며 말했다.

위피알은 자기에게 가까이 다가선 조류학자를 멀뚱히 올려다

볼 뿐이었다.

두 사람은 각자의 배낭을 메고 서쪽으로 걸었다.

검은숲이 둘의 머리 위에서 천천히 날았다.

조류학자가 검은숲을 올려다보았다.

"저 비둘기 참 잘생겼다. 수컷 비둘기네. 아주아주 멀리까지 날아다니는 비둘기 종이지."

"검은숲이라고도 해요."

"그건 누가 가르쳐 줬니?"

"우리 엄마가요."

조류학자가 빙그레 웃었다.

"엄마가 이름을 거꾸로 아셨구나. 저 비둘기는 '검은숲'이 아니라 '숲의 어둠'이라고 불리거든. 그렇지만 상관없겠지. 새들에게는 원래 이름이 없으니까. 우리 사람들이 그렇게 부르는 것일 뿐이지."

그러고는 입으로 중얼거렸다.

"검은숲, 검은숲이라⋯⋯. 이름이 꽤 시적인걸."

조류학자는 "쟤네들은 '검은 금강'이라고도 불린단다." 하고 알려 주었다.

어둠이 내려앉았다. 그들은 여전히 강변을 걷고 있었다. 멀리서도 가까이서도 불빛이라고는 보이지 않았다. 벌써 목소리를 뽐내는 밤새들도 있었다. 강폭이 넓어지며 물소리도 달라졌다. 확 트인 곳으로 나오자 방금까지 콸콸대며 흐르던 물소리가 조용히 수그러들었다.

널찍한 수면 위를 날아다니는 새가 보였다.

"저건 해오라기일 거야."

위피알이 수면을 바라보았다.

"밤에 나는 새들이 왜 그러는지 아니? 매와 같은 맹금류의 공격이나 한낮의 찌는 듯한 더위를 피하기 위해서란다. 밤에 나는 새들은 보통 비행 고도가 낮은 편이지."

"밤은 잠자는 시간 아니에요?"

"사람들은 밤이 되면 자야지. 하지만 새들은 그렇지 않아. 아주아주 많은 새가 밤이 되어야 깨어나거든. 그 새들은 이쪽에서 지저귀고 저쪽에서 울면서, 밤새도록 떠들썩하게 노래를 주고받는단다. 어떤 새들은 날면서 잠을 잘 수도 있어. 군함새라고 알아? 하늘에서 쉬지 않고 몇 주나 날아갈 수 있는 새야. 어떻게 그게 가능하냐면 날면서 잠을 잘 수가 있거든."

강물은 끝도 없이 이어졌다. 멀지 않은 산의 어둠을 달과 별이 어스름하게 밝히고, 밤바람이 강에서부터 서늘하게 불어왔다.

"그런데 넌 어디로 가는 거니?"

배낭을 멘 조류학자가 한 바퀴 빙 돌며 물었다.

"이렇게 계속 걷는 거야? 어디로? 언제까지? 넌 배도 안 고프니, 꼬마야?"

마침 아까부터 배가 고팠던 위피알이 민망해하며 대답했다.

"가방 안에…… 빙쯔가 있어요."

얼른 빙쯔를 꺼내 반으로 갈라서 한쪽을 건넸다.

조류학자가 빙쯔를 한 입 베어 물고 씹으며 말했다.

"사나이 둘이서 겨우 이만큼으로 어떻게 버텨!"

위피알은 "옥수수하고 밀도 있어요."라고 이야기하고 싶었지만 그건 검은숲의 몫이었다. 가방에서 옥수수알을 한 줌 꺼내 어깨 위에 앉은 검은숲 앞에 들이밀었다. 검은숲이 이내 고개를 숙여 옥수수알을 쪼아 먹기 시작했다.

"이 비둘기 정말 맘에 든다. 이렇게 아름답게 생긴 비둘기는 거의 못 봤거든. 밤에 보니까 꼭 검은 요정 같아."

조류학자가 손으로 검은숲을 쓰다듬었다. 검은숲은 몸을 움츠리며 "구." 하는 소리를 살짝 냈을 뿐, 긴장하거나 놀라지는 않았다.

"매끄러운 깃털이 꼭 비단결 같아."

조류학자는 배낭을 내려놓았다. 그의 배낭은 위피알의 것보다 몇 배는 더 큰 특대형 배낭이었다. 거의 위피알 키만큼이나 컸다.

"나는 오늘 널 만나서 무척 반가워. 그러니 우리가 만난 걸

축하해야 하지 않을까?"

그는 잽싸게 배낭을 열고 이런저런 물건을 꺼내 놓았다. 강가의 평평한 바닥에는 눈 깜짝할 사이에 작은 솥, 솥을 걸 수 있는 삼각대, 법랑 그릇 두 개, 젓가락 두 쌍, 쇠고기 통조림, 귤 두 개가 놓였다.

위피알은 어리둥절했다.

'이 아저씨, 설마 요술이라도 부리는 건가?'

그는 위피알에게 솥을 건넸다.

"강물 좀 길어와 줘. 나는 가서 나뭇가지하고 낙엽을 주워 올게. 내가 보니까 여기에 땔감으로 쓸 마른 나무와 잎이 제법 많더라고."

맑은 물을 담은 솥이 걸렸다. 조류학자는 바스락거릴 정도로 바짝 마른 나뭇잎에 라이터로 불을 붙였다. 그리고 불이 잘 붙을 만한 마른 가지를 모아서 위에 올렸다. 불길이 타오르기 시작하자 조금 더 굵은 나뭇가지를 올려놓고 잘 타도록 가만히 두었다.

"조금만 기다리면 맛있는 소고기 국수를 먹을 수 있을 거야."

조류학자는 물건이 끝도 없이 나올 것 같은 요술 배낭에서 마른국수를 싼 봉투를 꺼내 위피알의 배낭 위에 두었다. 그리고 통조림을 따서 소고기를 그릇 두 개에 나누어 담았다. 그동안 솥 안의 물이 팔팔 끓었다. 그는 봉투를 열고 국수를 전부 냄비 속에 넣었다. 그런 후 바닥에 주저앉아 나뭇가지와 낙엽으로 불의 세기를 조절했다.

덩치가 커다란 남자인데도 몸놀림이 무척이나 세심하고 날랬다.

위피알은 어안이 벙벙해 그저 구경만 했다. 배가 부른 검은숲도 땅바닥에 웅크리고 앉아 그들을 멍하니 쳐다보고 있었다.

그때 갑자기 강변의 낮게 깔린 수풀 속에서 음침하고 구슬픈 소리가 들려왔다. 무슨 동물의 소리인지 알 수 없어서 위피알이 몸을 살짝 움츠렸다.

"겁내지 마. 새소리일 뿐이니까. 모든 새의 울음소리가 다 경쾌하고 듣기 좋은 것만은 아니야. 어떤 새들은 그 울음소리만 들어도 머리카락이 쭈뼛 서기도 한단다. 학명이 검은뻐꾸기인 새가 있는데 별명이 '귀신새'야. 이름만 들어도 어떤 소리를 낼지 짐작이 되지? 그런데 사실은 그 소리도 제일 무서운 소리는 아니……."

"넘쳐요!"

위피알이 외쳤다.

조류학자는 불이 붙은 나뭇가지를 재빠르게 털었다.

두 사람을 위한 뜨끈뜨끈한 저녁 식사가 금세 차려졌다.

"어때? 맛있어?"

위피알은 국수를 후루룩 빨아들이느라 대답도 하지 못하고 그저 고개만 세차게 끄덕였다.

식사를 마치고 두 사람은 강가에서 솥과 그릇, 젓가락을 씻었다. 설거지하던 위피알이 물었다.

"그릇하고 젓가락을 왜 두 개씩 갖고 다니세요?"

당황한 조류학자가 손을 주춤하더니 수면 위 반짝이는 물결로 시선을 옮겼다. 그러더니 이내 위피알을 향해 웃어 보였다.

"널 위해 준비한 거지. 아주 특별한 아이를 만나서 함께 걷게 될 거라고 예상했거든."

두 사람은 모든 물건을 깨끗이 정리해 짐을 싸고, 다시 배낭을 짊어졌다.

강가에 묶인 나룻배 한 척을 발견한 둘은 배 위에서 밤을 보내기로 했다.

"지금은 강을 건널 사람이 없을 거야. 나루터를 지키는 사람도 없잖아."

조류학자는 묶은 줄을 풀고 배 위에 있는 삿대를 저어서 배를 강 한가운데로 몰았다. 강변에서 몇십 미터쯤 떨어지자 그는 삿대를 강바닥에 힘껏 꽂은 다음, 밧줄을 삿대에 칭칭 감아 단단히 묶었다.

"이렇게 하면 아무 일 없을 거야. 강도를 만날 일도 없고."

둘은 뱃머리에 앉아 밤의 정취를 느꼈다. 새소리와 풀벌레 소리가 밤하늘을 뒤덮었다.

검은숲은 배의 뒷전에 웅크리고 앉아 스르르 눈을 감았다. 온종일 날아다니느라 피곤한 탓이었다.

조류학자의 말대로 새소리는 산속, 수풀 안, 강가의 갈대밭에서 앞다투어 들려왔다. 그는 가장 먼저 울기 시작한 새가 어떤 새인지, 그다음으로 들려오는 소리는 어떤 새의 소리인지를 위피알에게 하나하나 설명해 주었다. 게다가 한 시간 뒤에는 어떤 새가 울 것인지 예고하기도 했다. 진짜라는 걸 증명하기 위해 새소리까지 흉내 내며 미리 들려주었다. 그렇게 한 시간이 지났다. 위피알이 갑자기 귀를 쫑긋거리며 뒤쪽 숲을 가리켰다. 정말로 그 새의 울음소리가 들려왔다.

위피알은 그를 우러러보았다. 벌써 몇 번이나 그런 눈빛을 보냈는지 모른다.

"들어 봐! 저 소리! 울음소리가 굉장히 듣기 좋지? 쟤는 텃새야. 평생 한 지역, 한 곳에서 일생을 보내는 새지. 봄, 여름, 가을, 겨울, 일 년 사계절을 항상 여기서 보내는 거야. 어디도 가지 않고."

조류학자가 이번에는 손으로 다른 방향을 가리켰다.

"지금 들리는 소리는 철새 소리야. 쟤들은 시간이 지나면 다른 곳으로 날아가. 아주아주 먼 곳까지 가는 거야. 커다란 산과 넓은 들판, 큰 강을 건너서 따뜻하고 살기 좋은 곳까지 날아간단다. 내년에 여름이 오면 여기로 다시 돌아올 거야. 쟤들은 여름 철새인데 겨울 철새도 있어. 해마다 겨울이면 날아와 월동하는 새들이지. 철새들은 이동할 때 밤낮을 가리지 않아. 땅으로 내려와서 먹이를 먹고 물을 마시는 것도 아주 잠깐일 뿐, 금세 길을 재촉하며 떠난단다. 반면에 어떤 새들은 날다가 멈추기를 반복하기도 해. 그런 애들은 이동하다가 중간에 한곳에서 잠깐 머물고 다시 길을 떠나고, 또 한참을 날아가다가 한곳에 내려앉아 쉬면서 시간을 보내기도 하지. 그런 녀석들은 마치 여행하듯이 이곳저곳에 내려앉는다고 '나그네새'라고도 불러."

위피알은 그의 이야기를 하나도 놓치지 않고 흥미진진하게 들었다.

"우리 이제 눕자."

조류학자가 배낭을 열고 접이식 깔개를 꺼내다가 멈칫하고는 귀를 기울였다.

"저 소릴 들어 봐!"

그가 입 안에서 혀를 말고는 위피알이 한 번도 들어 본 적 없는 새소리를 흉내 냈다.

위피알도 귀를 기울였다.

"들었니?"

저 멀리 협곡 안에서 전해져 오는 소리였다.

위피알이 고개를 끄덕였다.

"한 마리가 아니라 여러 마리야. 그런데 쟤네들은 이 지역에 사는 새가 아니거든. 여기가 꼭 지나가야 하는 길도 아니고. 쟤들이 지나가야 할 정확한 이동 경로는 여기서 최소한 천 킬로미터 이상 떨어진 서북쪽이야. 신기한 일이지! 길을 잘못 들어 여기까지 날아온 거야. 아마 지나가야 할 길목에서 폭풍우나 대규모 산불 또는 지진을 만났거나, 물때의 영향으로 혼란에 빠진 거겠지. 그래서 원래 가야 할 항로를 벗어나 점점 한쪽으로 치우쳐 비행하게 된 거고. 어쩌면 영원히 다시 돌아갈 수 없을지도 몰라. 저런 새들을 '길 잃은 새'라고 부른단다."

위피알은 가슴이 아팠다.

조류학자는 한숨을 쉬며 배낭에서 깔개를 꺼내 바닥에 깔았다. 두 사람은 각자 배낭에서 옷을 꺼내 베개를 마련했다. 그렇게 나란히 누웠는데도 둘 사이는 전혀 어색하지 않았다. 마치 무수히 많은 밤을 이미 밖에서 함께 보낸 것처럼 편안했다.

하늘의 별을 올려다보던 조류학자는 위피알에게 아까부터 묻고 싶었던 질문들을 떠올렸다. 예를 들어 "너는 왜 그렇게 벽에다가 새 그림을 그리는 거니?", "그림은 누구한테서 배웠어?", "너는 집도 없이 떠돌아다니니?", "혹시 누구를 찾고 있니?", "네 집은 어디야?" 등의 물음이었다.

그에게 위피알은 수수께끼 같은 존재였다.

그런데 하나도 물어볼 수가 없었다. 엄마 곁에 누워 잠든 아이처럼, 위피알이 눈 깜짝할 새에 작게 코까지 골며 곯아떨어졌기 때문이다.

여름의 끝자락이었다. 가을이 이미 성큼 다가왔다. 한밤중에, 그것도 강 위에 있다 보니 제법 쌀쌀한 기운이 감돌았다.

조류학자가 배낭 속에서 얇은 담요를 꺼내 위피알에게 살며시 덮어 주었다. 달빛 아래, 팔다리가 길쭉길쭉한 아이의 얼굴은 여자애인지 남자애인지 아리송할 만큼 귀여웠다. 그러나 이아이는 아주 잘생긴 소년임이 틀림없었다.

16. 헤어짐

다음 날 아침, 헤어질 시간이 되자 위피알 눈가에 눈물이 그렁그렁 맺혔다. 조류학자가 위피알에게 손을 흔들며 외쳤다.

"어쩌면, 우린 금방 다시 만날 수 있을 거야."

두 사람은 배낭을 메고 산기슭, 산 중턱, 산꼭대기를 모두 누볐고 물가와 들판, 깊은 숲을 걸었다. 사람들 눈에 그들은 누가 봐도 아빠와 아들 배낭여행객이었다.

어느 날 오후, 둘은 한 마을 식당에서 끼니를 해결하고 마을 뒤쪽 숲에서 쉬고 있었다.

커다란 나무 아래에 앉아 있던 위피알이 집 한 채를 발견했다. 건물은 다 허물어졌지만 한쪽 벽은 남아 있었다. 마치 위피알이 와서 새 그림을 그려 주기를 기다리고 있던 것처럼 꿋꿋하게 제자리에 서 있었다. 위피알은 배낭 속에서 그림 도구를 꺼내 벽으로 다가갔다.

조류학자는 식곤증이 몰려왔는지 큰 나무에 기대어 눈을 게슴츠레 뜨고 위피알을 쳐다보았다.

위피알은 삽시간에 그림을 그려 나갔다. 새는 당장이라도 벽을 뚫고 나와 나무 위로 날아오를 것만 같았다.

조류학자가 다가왔을 때, 벽 속의 새는 이미 완성되었다.

인형처럼 작고 앙증맞게 생긴 소형 조류였다. 회색, 노란색, 올리브색, 파란색, 오렌지색의 다양한 깃털이 자연스럽게 섞이고, 어두운 바탕의 날개 위에는 흰 줄무늬가 남아 있었다. 눈은 새까만 먹물을 한 방울 똑 떨어트려 놓은 듯했다.

조류학자가 위피알에게 일러 주었다.

"이 아이는 '상모솔새'라는 예쁜 이름을 갖고 있어. 꾀꼬리류나 곤줄박이들과 함께 무리를 이루기도 한단다."

"상모솔새라는 건 저도 알아요."

"누가 가르쳐 줬어?"

"엄마요."

다시 길을 떠나기 전에 마침내 조류학자가 물었다.

"넌 왜 항상 벽에다 그림을 그리니?"

위피알은 당황했다. 그 눈빛은 '왜라뇨?'라고 되묻는 듯했다. '그래. 왜일까?'

위피알도 이유는 알 수 없었다. 그저 그리고 싶으니까, 직접 보고 상상한 것들을 전부 그림으로 그려 내고 싶으니까 그런 것일 뿐이다. 내가 그린 새들은 전부 나의 새고, 그게 어디에 있는지는 상관없었다. 새들은 벽 속에 있지만 위피알의 눈에 그 새들은 그저 즐겁게 하늘을 날고 있었다.

위피알이 보고 싶은 것은 바로 새들이 하늘을 나는 모습이었다. 새들이 하늘을 나는 모습을 보면 마음에 행복이 가득 차올랐다. 위피알은 이 세상의 모든 벽에 직접 새 그림을 그리지 못한다는 점이 안타까울 뿐이었다. 언젠가는 그런 꿈도 꾸었다. 지금까지 그린 새들이 일제히 날아올라 창공을 완전히 뒤덮고, 자기가 달리는 방향으로 새들이 따라 날아오는……

멍해진 위피알의 얼굴을 보고 조류학자가 웃음을 터뜨렸다.

"그림 그리는 건 누구한테 배웠어? 그건 알려 줄 수 있지?"

위피알이 고개를 도리도리 저었다.

"가르쳐 준 사람이 아무도 없어?"

위피알이 고개를 끄덕였다.

위피알에게는 이 역시도 이상한 물음이었다.

'새들은 나무 위에도 있고 물 위나 하늘, 풀숲에도 있잖아. 다 보이잖아? 그걸 그냥 그리면 되는데 배울 필요가 있을까?'

정말인지 이해할 수 없었다.

조류학자는 보통 사람들과 나누는 대화가 전혀 통하지 않는 소년을 보며 하하 웃을 뿐이었다.

산길을 한참 걸으며 크고 작은 새 수십 종을 만났다. 어느 샘물 앞에서 멈춰선 둘은 맑은 물을 시원하게 마시고 길가에 배낭을 내려놓은 채 잠시 쉬기로 했다.

조류학자는 위피알의 집이 어딘지 줄곧 궁금했다. 위피알을 처음 만났을 때부터 묻고 싶었다. 그러나 감히 그러지 못했다.

'집이 어딘지 모르는 거면? 예전에 살던 집이 없어진 거라면? 그런 난감한 상황을 괜히 물어봤다가 아이에게 상처를 주지는 않을까?'

황혼이 내려앉을 무렵, 위피알과 나란히 걷던 그가 결국 입을 열었다.

"너희 집은 어디니?"

"다시진이요."

그가 화들짝 놀랐다.

"다시진?"

"네. 다시진이요."

침묵이 한참 흐른 후, 조류학자가 또 물었다.

"너 혼자 어디로 가는 거야?"

"몰라요."

"몰라? 뭘 하러 가는 건데?"

"아빠를 찾으려고요."

"아빠를 찾는다고?"

위피알이 끄덕였다.

"우리 아빠는 새예요."

조류학자는 고개를 돌려 위피알을 쳐다보았다. 조금 전까지 알던 그 위피알이 아닌 것만 같았다. 흐릿하게 흔들리는 눈빛이 꼭 자기만의 세계에 빠져 있는 듯했다.

둘은 묵묵히 걸었다. 묵직하고 가벼운 두 발소리가 황혼 무렵의 골짜기에 울려 퍼졌다.

"큰 새예요. 아주아주 엄청나게 큰 새요."

위피알은 조류학자가 무슨 말이라도 했으면 했다. 그러나 그는 커다란 손을 위피알 어깨에 올릴 뿐, 아무 대꾸도 하지 않았다.

지금까지 "우리 아빠는 새예요."라는 말을 비웃지 않은 사람은 맹인 할아버지 말고는 단 한 명도 없었다. 그러니까 조류학자가 두 번째인 셈이다. 위피알은 벌써 한참이나 그런 소리를 입 밖으로 내지 않았다. 그저 혼자 아빠를 찾아 헤매면서 속으로만 조용히 되뇌었을 뿐이다. 그래서 말해 놓고도 괜히 조류학자의 반응을 살폈다.

조류학자는 위피알의 볼을 톡톡 쳤다.

"가족은 또 누가 있는데?"

"외할머니하고 엄마요."

위피알이 자랑스럽게 덧붙였다.

"우리 엄마는 시인이에요."

조류학자가 위피알을 향해 돌아서더니 얼굴을 자세히 뜯어보았다.

"뭐라고? 엄마가 시인?"

위피알이 끄덕였다.

"네. 얼마 전에는 아주아주 긴 시를 썼어요."

위피알은 팔을 양쪽으로 최대한 뻗었다.

"아주아주, 아주아주 길어요!"

"그렇게 긴 시를!"

"저한테도 읽어 줬어요. 엄마는 맨날 시를 읽어 줘요."

"그 시는 무슨 내용이었어?"

"남자가 한 명 있어요."

"남자? 좋은 사람? 아니면 나쁜 사람?"

"나쁜 사람이라뇨? 당연히 좋은 사람이죠. 엄마가 읽어 주면서 막 울기도 했는데요."

"아."

"그 남자는 새처럼 날고 싶어 했어요."

"그 사람, 날았을까?"

위피알이 고개를 저었다.

"엄마가 안 알려 줬어요."

"혹시 엄마 이름이……?"

"린나요."

"린나?"

"우리 엄마 알아요?"

조류학자가 무심코 고개를 끄덕이다가 다시 황급히 가로저었다.

그리고 아주 한참 동안 침묵을 지켰다.

위피알은 문득 엄마가 그리워졌다.

한낮에 왁자지껄하게 소란을 피우던 새들은 각자의 둥지로 돌아가 밤을 보낼 준비를 하고, 밤에 활동하는 새들은 곧 시작될 소란을 준비하느라 잠잠한 때였다. 그 순간, 협곡에서는 크고 작은 두 심장의 박동 소리를 증폭시킨 듯한 발걸음 소리만 저벅저벅 들려왔다.

조류학자가 마침내 침묵을 깨트렸다.

"외할머니는……."

"외할머니는 의사예요."

위피알이 자리에서 팔짝 뛰어올라 단풍나무 가지의 잎을 하나 떼어 냈다.

"외할머니가 사람들 목숨을 엄청 많이 구했어요! 예수 아저씨가 죽을 뻔한 것도 구해 줬고요."

조류학자가 담담하게 물었다.

"외할머니가 좋아?"

"당연히 좋죠. 맨날 외할머니 집에 가는데요."

"아……. 엄마하고 외할머니는 같이 안 살아?"

"저하고 엄마는 마을에 있는 집에 세 들어 살아요."

"외할머니하고는 왜 같이 안 살고?"

위피알이 돌연 세상 물정을 다 깨우친 어른처럼 말했다.

"그건 안될 일이에요. 그 두 여자는 만나기만 하면 싸우거든
요!"

그 바람에 조류학자는 너털웃음을 터뜨렸다.

작은 마을이 나왔다.

두 사람은 마을에서 제일 좋은 식당에 앉아 배를 두둑하게
채웠다. 조류학자는 바이주(白酒, 중국 전통 증류주의 일종: 옮긴
이)까지 곁들여 거나하게 먹고 마셨다. 그래서 식당에서 나온
후 무거운 배낭을 메고서 이리저리 휘청거렸다. 그가 위피알의
어깨에 손을 올리니 위피알은 그의 지팡이가 되었다.

"네 아빠는 누군데?"

"얘기했잖아요."

"아."

마을에는 여관이 있었다. 하지만 여관을 좋아하지 않는 둘은 참외 파는 움막에서 하루를 묵어가기로 했다. 술을 너무 마셔서인지 날이 추워서인지 조류학자는 쉽사리 잠들지 못하고 뒤척였다.

그러다 무언가 떠오른 듯이 팔꿈치로 위피알을 툭툭 쳤다.

"너 몇 살이야?"

위피알은 잠에 취해 웅얼거렸다.

"열한 살이요."

"응? 열한 살?"

다음 날, 다시 여정에 오른 조류학자가 갑자기 물었다.

"너 여름에 태어났니?"

위피알의 눈이 반짝거렸다.

"맞아요."

그로부터 사흘 동안 조류학자는 위피알과 한순간도 떨어지지 않고 같이 다녔다. 그리고 셋째 날 밤에 자려고 누웠을 때 대뜸 이렇게 말했다.

"내일은 우리 그만 헤어져야겠다. 찾으러 가야 할 새들이 너무 많거든. 너도 그 커다란 새를 금방 찾을 수 있을 거야."

"그렇게 생각해요?"

조류학자가 힘차게 고개를 끄덕였다.

다음 날 아침, 헤어질 시간이 되자 위피알 눈가에 눈물이 그렁그렁 맺혔다.

조류학자가 위피알에게 손을 흔들며 외쳤다.

"어쩌면, 우린 금방 다시 만날 수 있을 거야."

"다시 만나요!"

위피알도 손을 흔들었다.

"또 보자!"

조류학자가 큰 소리로 외치며 점점 뒤로 물러났다.

검은숲은 아주아주 멀리까지 조류학자를 배웅한 후에야 위피알이 있는 곳으로 다시 돌아왔다.

17. 커다란 새

위피알은 천천히 눈을 뜨고 나무 위를 보았다.
때마침 쏟아져 내린 달빛 속에 새 한 마리가 언뜻 보였다.
커다란 새, 바로 그 커다란 새였다!

위피알은 지금까지 매일 날짜를 세었다. 이제 며칠 후면 개학이다. 엄마와 외할머니에게 방학이 끝나기 전까지는 꼭 돌아가겠다고 약속했었다.

위피알은 자신이 찾고 있는 걸 무조건 찾아내게 될 것임을 한 치의 의심도 하지 않았다. 새를 찾아 걸으면 걸을수록 마음속에서는 희망의 꽃이 쉼 없이 피어났고, 희망의 불꽃도 조금씩 조금씩 밝기를 더해 갔다.

그날 저녁, 위피알은 어느 거대한 나무 아래에서 밤을 보내기로 했다. 걸음을 멈춘 건 해가 아직 삼분의 이나 남았을 때였다. 아직은 충분히 걸을 수 있을 만큼 주위가 밝았다. 그러나 고개를 들어 나무를 본 순간, 누가 뭐라 해도 여기서 절대 걸음을 옮길 수 없다는 생각이 들었다.

지금까지 살면서 이렇게 크고 거대한 나무는 한 번도 본 적이 없었다! 나무에는 금박 종이 같은 누런 잎이 온통 들러붙어 있었다. 가을바람이 불어오면 금세라도 우수수 떨어져 온 세상을 뒤덮어 버릴 것만 같았다.

위피알은 배낭을 열었다. 조류학자가 떠나기 전에 다시 정리해 준 배낭이었다. 조류학자는 다 써서 텅 빈 래커 스프레이를 버리고 낡고 더러워진 옷도 미련 없이 버렸다. "네 엄마는 이렇게 더러운 옷을 절대 좋아하지 않을 거야."라는 말도 덧붙였다. 쉬고 곰팡이가 핀 음식도 전부 버렸다. 그런데도 배낭은 여전히 빵빵했다. 조류학자가 신선한 음식과 접이식 매트, 담요를 챙겨 주었기 때문이다.

위피알은 배낭에서 매트와 담요를 꺼냈다. 커다란 나무 아래는 언제부터 떨어졌는지 짐작도 되지 않을 만큼 수북이 쌓인 나뭇잎으로 두툼했다. 위피알은 그 위에 매트를 깔고 한번 누워 보았다. 여태껏 느껴 본 적이 없을 정도로 푹신한 침대였다.

오늘 밤은 이렇게 나무 아래에서 잠을 청할 셈이었다.

달빛이 얇게 깔린 구름 뒤로 숨었다. 온 세상이 꿈속처럼 몽롱하게 보였다.

위피알은 언제나처럼 금세 잠이 들었다.

위피알의 동료이자 보초병인 검은숲은 나뭇가지 위에 앉아 눈을 가늘게 뜨고 주위를 경계했다.

벌써 대이동을 시작한 기러기의 쓸쓸하고 처량한 울음소리가 텅 빈 밤하늘의 정적을 이따금 깨트렸다. 그러나 나지막이 울려 퍼지는 가을 풀벌레 소리와 저 멀리 숲속에서 아름답게 지저귀는 나이팅게일의 소리가 어우러지며 밤의 고요함과 그윽함에 깊이를 더했다.

잔잔한 물결 위를 떠가는 조각배처럼 위피알도 이미 꿈나라를 항해하는 중이었다.

그런데 어느 순간 검은숲의 날갯짓 소리가 들려왔다. 물론 그런 일은 자주 있었기에 크게 신경이 쓰이지는 않았다. 그런데 잠시 후, 이번에는 위피알을 부르는 목소리가 들려왔다.

"위피알!"

위피알이 두 손으로 눈을 비볐다.

"위피알!"

소리는 거대한 나무의 가지와 잎사귀 너머에서 들려왔다.

위피알은 천천히 눈을 뜨고 나무 위를 보았다. 때마침 쏟아져
내린 달빛 속에 새 한 마리가 언뜻 보였다. 커다란 새, 바로 그
커다란 새였다! 새가 거대한 나무의 높은 곳에 내려앉아 있었
다. 잔잔한 바람에 나부끼는 황금색 잎 사이사이로 새가 보였
다가 사라지길 반복했다.

위피알은 천천히 일어나 앉았다.

"위피알!"

위피알의 눈이 나무 아래에서 반짝반짝 빛났다.

"아빠야!"

"아빠?"

"그래, 아빠라고!"

위피알이 연신 두 눈을 비볐다. 지금 꿈을 꾸고 있는 건 아닌
지 헷갈렸다.

"아빠가 왔어!"

"어디 갔었는데요?"

"아주 멀리. 그래서 그동안 돌아오지 못했어. 아빠가 길을 잃었거든……."

"길 잃은 새가 됐네요."

"그래, 그래. 길 잃은 새였지. 그런데 결국은 집으로 오는 길을 찾아냈단다."

"내가 아빠를 데리고 집으로 갈게요."

"아직은 안 돼. 비행을 끝내기 위해서는 최후의 비상을 해야 하거든. 마지막은 반드시 까마귀 봉 꼭대기에서 날아올라야 해. 내일, 아니, 몇 시간만 있으면 날이 밝을 테니까 오늘이 되겠구나. 오늘 '꾀꼬리 골'이라는 곳으로 가렴. 거기 도착하면 더는 걷지 말고 멈춰. 까마귀 봉을 보기에 꾀꼬리 골보다 더 환상적인 곳은 없거든. 황혼이 질 때쯤, 시야가 탁 트인 곳을 찾아서 까마귀 봉을 봐. 아빠의 마지막 비상을 지켜보는 거야. 꼭 기억해. 그 이후로 아빠는 새가 아닐 테니까!"

"아빠를 언제 만날 수 있어요?"

"들어 보렴. 꾀꼬리 골에서 아빠가 나는 걸 지켜본 후 너는 곧장 길을 떠나야 해. 밤새 걸어서 다시진으로 돌아가. 해가 동쪽 산에서 떠오를 때 아빠를 만날 수 있을 거야. 앵두나무 아래에 서 있을 거거든."

그동안 검은숲은 나뭇가지에 그대로 앉아 날개를 몇 번 푸덕거릴 뿐, 웬일인지 금세 조용해졌다.

"지금은 다시 자야 해. 아빠가 나무 위에서 널 지킬 거야. 위피알, 어서 자."

위피알은 나뭇가지 사이로 어렴풋하게 보이는 커다란 새를 다시 한번 쳐다보고는 살며시 자리에 누웠다.

"눈 감으렴. 눈 감아. 자장자장……."

산들산들 불어오는 바람 사이로, 가을 풀벌레와 새로운 밤 새 울음소리처럼 가만가만 자장가를 읊조렸다.

위피알은 찬란하게 쏟아지는 햇빛과 함께 깨어났다. 거대한 나무의 꼭대기를 바라보며 눈을 비볐다. 나무 위에는 아무것도 없었다. 나뭇잎만 무성했다.

위피알은 나무 아래에서 한참을 멍하니 앉아 있었다. 그 커다 란 새를 본 것이 꿈인지 생시인지 갈피를 잡을 수 없었다. 다시 길을 떠나기 시작했지만 여전히 오리무중이었다. 그러나 두 번 다시 뒤를 돌아보지는 않았다. 조금의 망설임도 없었다. 꾀꼬리 골을 향해 부지런히 걷고 또 걸었다.

18. 꾀꼬리 골

새는 아래쪽으로 유유히 날아갔다. 골짜기가 끝없이 이어져서
커다란 새와 지면의 거리는 좀처럼 줄어들지 않았다.
그저 위피알의 시야 속에서 새 그림자가 점점 작아질 뿐이었다.

해가 서쪽 산의 꼭대기로 떨어질 무렵, 위피알은 꾀꼬리 골이
라는 곳에 다다랐다. 오리 창자처럼 좁고 긴 길을 통과하자 눈
앞이 확 트이며 끝도 없이 광활한 평지가 나타났다. 동쪽을 바
라본 위피알은 넋을 잃고 말았다.

'와! 까마귀 봉이잖아!'

이런 각도에서 까마귀 봉을 보는 것은 처음이었다. 여기서 본
까마귀 봉의 모습은 지금까지 수많은 곳에서 보았던 풍경들과

사뭇 달랐다. 그러나 까마귀 봉은 역시 까마귀 봉이었다. 꼭 다른 산처럼 보이면서도 여전히 웅장하고 위엄 있는 자태를 뽐냈다. 산봉우리에서부터 산기슭까지 드넓은 산줄기가 뻗어 있고, 완만한 골짜기는 낮은 곳으로 향하며 끝없이 이어졌다. 남은 석양빛이 서에서 동으로 비춰 내린 골짜기의 풍경은 보는 사람을 홀릴 정도로 황홀했다. 위피알은 그 광경을 보며 한참 동안 벌어진 입을 다물지 못했다.

위피알은 높다란 바위 위로 기어올라 자리를 잡고 앉았다. 아주 오래전부터 자신을 위해 준비된 바위인 것만 같았다. 바닥이 평평하고 매끈해서 편안하게 앉아 풍경을 감상하기에 안성맞춤이었다. 위피알은 어린 부처라도 된 것처럼 가부좌를 틀고 앉아 떨리는 마음으로 까마귀 봉을 바라보았다. 그리고 꿈결과도 같은 놀라운 장면이 펼쳐지기를 간절히 바랐다.

해가 한 뼘 한 뼘 떨어져 내렸다. 참을성이 대단한 사람이 한 치의 오차도 없이 차분하게 둥그런 연을 끌어 내리는 것만 같았다. 해는 차근차근 조금씩 낮아졌다. 그리고 어느새 반만 남은 석양이 야트막한 산 쪽으로 기울었다. 해는 산 뒤로 점차 숨으면서도 한쪽으로 모습을 드러내며 점점 더 크게 부풀었다. 마지막 순간에는 큰 골짜기 사이에 매달려 눈부시도록 찬란한 빛을 까마귀 봉을 향해 쏟아 냈다.

그때 커다란 새가 까마귀 봉 꼭대기에서 모습을 드러냈다.

위피알 곁에 내려앉은 검은숲이 "구구구." 울부짖으며 위피알에게 알렸다.

바람이 거세졌다. 위피알의 몸과 마음이 부들부들 떨리기 시작했다. 위피알은 왠지 모르게 눈앞이 뿌옇게 흐려져, 황급히 두 손으로 눈가를 쓱쓱 문질렀다. 손을 떼고 보니 커다란 새는 이미 날아오른 것 같았다. 몇 번이나 눈을 깜빡이고 나서야 그 모습이 또렷하게 보였다.

'큰 새다!'

'아주아주 커다란 새야!'

까마귀 봉을 떠난 새는 골짜기 위 하늘을 유유히 비상했다. 그리고 한순간에 더 높은 창공을 향해 갑자기 솟구쳤다. 번쩍이는 두 날개는 반듯하게 뻗어 있어서 꼭 배의 양쪽에 가지런하게 펼쳐 놓은 돛처럼 보였다. 하늘과 바다가 뒤집혀 물속에서 물 위의 돛단배를 보는 것만 같았다. 하늘이 옅은 회색으로 어두컴컴해지자, 커다란 새는 청회색을 띠며 하늘에 섞여 들었다.

그러나 그 모습만은 여전히 선명했다. 새가 쏟아지는 석양빛을 끊임없이 가르며 헤엄쳐 나가자, 빛은 물처럼 뒤섞이고 휘감기며 소용돌이를 빚어냈다.

새는 아래쪽으로 유유히 날아갔다. 골짜기가 끝없이 이어져서 커다란 새와 지면의 거리는 좀처럼 줄어들지 않았다. 그저 위피알의 시야 속에서 새 그림자가 점점 작아질 뿐이었다.

해는 쉬지 않고 떨어지면서 여전히 찬란한 빛을 흩뿌렸다. 새의 모습은 쏟아지는 빛발 속에 계속 머물렀다.

커다란 새가 가는 방향으로 골짜기의 낮은 곳에 솟은 봉우리가 하나 있었다. 위피알은 아주 어릴 때부터 산을 보아 왔기에 그 산이 얼마나 높은지 쉽게 가늠할 수 있었다. 언뜻 낮아 보이지만, 그저 낮은 곳에 자리 잡은 것뿐이었다.

커다란 새가 그 산으로 날아갔다.

위피알은 바위 위에서 천천히 일어섰다.

검은숲도 이미 날아올라 커다란 새의 뒤를 따랐다.

커다란 새의 몸이 한쪽으로 기울며 포물선을 그렸다.

해가 바닥으로 떨어지고, 공중을 한 바퀴 선회한 큰 새는 산봉우리 뒤로 사라졌다. 위피알은 저 산 너머를 넘겨다보기라도 할 것처럼 제자리에 서서 새가 멀어져 간 곳을 하염없이 바라보았다.

어느샌가 해가 완전히 자취를 감추고, 긴 골짜기가 삽시간에 적막에 휩싸였다.

세차게 부는 산바람에 위피알의 머리칼과 옷이 이리저리 나부꼈다. 조금 전의 풍경에서 아직 헤어 나오지 못한 위피알은 마지막으로 골짜기를 굽어 보고는 바위 아래로 폴짝 뛰어내렸다.

"가자! 다시진으로 돌아가자!"

위피알은 배낭을 짊어지고 다시진이 있는 방향으로 걸음을 옮겼다.

검은숲이 재빠르게 돌아와서는 다시진으로 향하는 길을 안내하듯이 머리 위를 느릿느릿 선회했다.

19. 앵두나무 아래

"집에 왔다!"
위피알이 고개를 돌려서
어깨 위에 앉은 검은숲에게 이야기했다.

꾀꼬리 골에서 이삼 킬로미터쯤 걸어 나왔을 때 위피알은 길을 잃고 말았다. 검은숲이 나름대로 열심히 방향을 알려 주었지만 위피알은 어느 길로 가야 할지 갈피를 잡을 수가 없었다. 그래서 제자리에서 우물쭈물하며 선뜻 앞으로 나아가지 못했다. 그런데 그 순간, 예전에 이곳을 지나가면서 자신이 그렸던 새 그림을 발견했다. 그러자 마음이 탁 놓였다.

이제 캄캄한 어둠을 뚫고 어떻게 다시진으로 돌아가야 할지

감이 잡혔다.

위피알은 그제야 배낭에서 음식을 전부 꺼내 마음 편히 먹고 마셨다. 그중에는 조류학자가 챙겨 넣어 준 양도 상당했다. 어쨌든 내일이면 다시진으로 돌아갈 수 있다. 음식을 맛있게 먹고 검은숲에게도 먹을 걸 넉넉히 챙겨 주었다.

여기저기에 그려 놓은 새들이 위피알을 다시진으로 한 걸음 한 걸음 이끌었다. 더는 길을 잃을 염려가 없었다. 게다가 걷고 또 걸으며 신기한 점을 하나 발견했다. 지금까지 그린 모든 새가 하나같이 다시진을 바라보고 있었던 것이다.

언제부터인지 다시진 마을의 잿빛 실루엣이 희미하게 보이기 시작했다.

"집에 왔다!"

위피알이 고개를 돌려서 어깨 위에 앉은 검은숲에게 이야기했다.

위피알이 마을 돌길로 접어들었을 때 다시진은 아직도 한밤중이었다. 동네 개 몇 마리만 설핏 잠에서 깨어 문간과 길가의 나무 아래를 지킬 뿐이었다.

검은숲이 휙 날아올랐다.

위피알은 얼른 휘파람 소리를 내서 검은숲을 다시 어깨로 불러들였다. 해가 뜨기도 전에 엄마를 놀라게 하고 싶지 않았다.

앵두나무가 눈앞에 또렷이 나타났다. 위피알은 천천히 배낭을 내려놓고 늘 머무르던 나지막한 그루터기에 앉았다.

해가 떠오르기까지 아직 여유가 있는 시간. 동트기 전에 어둠은 더욱 짙어졌다. 피곤함과 졸음이 한꺼번에 몰려와 눈앞의 앵두나무가 점점 흐릿해졌다.

문학, 또 하나의 집 짓기

'나는 왜 글을 쓰는가? 혹은 왜 글쓰기를 좋아하는가?', '글을 쓸 때, 내 느낌과 마음 상태는 어떠한가?'를 설명하려고 계속해서 노력해 왔습니다. 그러나 그 어떤 설명도 만족스럽지 못했지요. 그러던 어느 날, 마침내 '글쓰기는 집 짓기이다.'라는 아주 적확하고 이상적인 표현을 찾아냈습니다.

그렇습니다. 제가 글을 쓰는 이유는 그 행위가 집을 짓고 싶은 욕망을 충족시키기 때문이고, 자신이 지은 집의 안락한 그늘에서 기쁨과 행복을 누리고 싶은 욕구를 만족시키기 때문입니다.

저는 글을 씁니다. 쉬지 않고 씁니다. 저는 집을 짓습니다. 멈추지 않고 집을 짓습니다.

이걸 곰곰이 생각하고 열심히 궁리하고 연구하다 보니 알게 되었어요. 사실은 누구나 집을 짓고 싶어 한다는 걸 말이죠. 단지 집을 짓는 방식이 서로 다를 뿐인 겁니다. 저는 글로 집을 짓는 중입니다. 집을 짓겠다는 무의식적인 심리는 태생적일 뿐만 아니라 인류의 가장 오래된 욕망에서부터 온 것이겠지요.

어린 시절에 들판과 강가에서 뛰놀던 기억이 떠오릅니다. 커다란 나무 아래에다가 종종 진흙과 나뭇가지, 들풀로 집을 지으며 놀곤 했습니다. 몇 명이 모여서 야단법석을 떨면서요. 아이들이 맡았던 역할 중에는 실제로 집을 지을 때처럼 미장이도 있고 목수도 있고 허드렛일을 하는 잡부까지 있었지요. 집을 만들어 가면서 방의 쓰임새를 생각하고, 침대, 탁자, 책장 등 살림살이까지 들여놓았습니다. 누가 누가 어느 침대에서 자야 하고, 또 누가 누가 탁자 어느 쪽에 앉아야 한다면서 쉴 새 없이 재잘거렸습니다. 한 집에도 수많은 공간이 있고 각 공간에는 그에 맞는 기능이 있으니까요.

이야기가 사이좋게 잘 풀릴 때도 있지만, 어떨 때는 마음이 안 맞아서 다툼이 일어나기도 합니다. 심할 때는 성질 나쁜 아이가 생떼를 부리면서 곧 완성될 집을 발로 무참히 짓밟아 버리기도 하죠. 이런 일이 생기면 다른 아이들은 그 애를 따돌리고 욕을 퍼붓습니다. 격렬한 몸싸움이 일어나서 코가 시퍼렇게 멍들고 얼굴이 퉁퉁 부은 채 "와아앙!" 울음을 터트리기도 하고요. 어느 쪽이든 이 일을 아주 중차대한 일이라고 생각하니까요. 마치 진짜 집을 짓기라도 하는 것처럼요. 집을 잘 지으려고 하는 쪽이나 함부로 허물려고 하는 쪽이나 이 일을 아주 진지하게 여깁니다. 물론 평소에는 사이가 좋아서 대부분 화기애애한 장면이 펼쳐집니다. 집이 다 지어지면 다들 입으로 요란한 폭죽 소리를 흉내 내며 축하도 합니다. 그러고 나서 작은 오두막 앞에 쭈그리고 앉아 가만히 쳐다봐요. 아이들은 집으로 돌아가야 할 시간이 됐는데도 아쉬워서 몇 걸음 가다 뒤를 돌아보고 또 돌아보며 발길을 제대로 떼지 못합니다. 집에 가서도 온통 오두막 생각뿐이죠. 급기야 다시 달려와서 오두막이 잘 있나 확인하는 아이들도 있어요. 꼭 밖을 떠돌다가 집에 돌아온 사람처럼 애틋하게 말이죠.

저는 혼자 집 짓는 걸 더 좋아했습니다.

그러면 내가 곧 설계사요, 미장이요, 목수요, 심부름꾼입니다. 내가 나에게 "벽돌 옮겨!"라고 일을 시켜요. 그러면 또 내가 "네!" 하고는 벽돌을 나릅니다. 사실 진짜 벽돌이 어디 있겠어요. 대충 무엇이든 들고 허공에다 시늉을 하는 거지요. 뭔가를 분주하게 옮기면서도 입은 계속해서 쉬질 않습니다. "여기는

문이야!", "창문은 활짝 열어야지!", "여기는 아빠, 엄마가 쓸 방이야. 여기…… 작은, 아니, 큰 방은 내 거야! 나는 이만큼 큰 방에서 잘 거야. 창문 밖에는 큰 강이 흐르지."

그때 들판에는 오로지 저 혼자뿐입니다. 사방은 익은 보리의 금빛 물결로 일렁이거나 꽃이 핀 벼가 끝도 없이 펼쳐진 논밭에 둘러싸여 있지요. 그때 저는 완전히 몰입하고 집중합니다. 집을 짓는 것 외에는 그 어떤 것도 의식하지 못해요. 그럴 때면 머리 위 저 높은 곳에 걸려 있던 태양이 순식간에 서쪽 물가의 갈대밭으로 떨어지고 맙니다. 아래로 내려앉은 태양은 아주아주 커서 하늘 한복판에 떠 있을 때보다 몇 배는 더 커요. 그리고 마침내 집이 완성됩니다. 그때 들오리 떼가 하늘을 가로질렀던 것 같기도 하고, 구름 한 점 없이 말끔한 하늘이 순수하리만큼 짙푸른 빛을 띠었던 것 같기도 합니다.

저는 직접 지은 집 앞에 책상다리를 하고 앉아서 가만히 들여다봅니다. 나의 작품, 아무도 손을 대지 않은 나만의 작품입니다. 그 순간의 벅찬 감정은 미켈란젤로가 예배당 천장에 불세출의 걸작을 완성한 후에 느꼈을 감회와 별반 다르지 않을 겁니다. 다만 딱 한 가지 아쉬운 건, 그 당시 제가 이름조차 몰랐던 그 이탈리아인은 다른 사람에게 고용되어 작품을 완성할 때마다 몰래 자기 이름을 남겨 두었다는 사실이죠. 그걸 일찍이 알았더라면 저도 제가 지은 집 벽에다가 이름을 써 두었을 텐데요.

집은 작품이었습니다. 그것도 위대한 작품, 나만의 작품이었죠. 그 이후로 며칠 동안 제 머릿속은 온통 내 집, 내 작품 생각뿐이었습니다. 그리고 자주 찾아가서 보았죠. 좀 희한한 이야기지만, 그 집은 논두렁 위에 지은 집이었습니다. 농사일하러 온 사람들이 수시로 지나다니는 길이었죠. 그런데도 그 집은 아주 멀쩡하게 그 자리에 계속 있었어요. 아마 집을 본 사람들이 알게 모르게 그 집을 돌보고 있었던 것이겠죠. 그런데 어느 날 장대비가 밤새도록 쏟아붓더니 그 집을 흔적도 없이 쓸어가 버렸습니다.

그 후로 저에게는 집짓기 블록이 생겼습니다. 그때는 그런 블록 말고는 다른 장난감이 전혀 없었어요. 그래서 한동안 집짓기 블록에 푹 빠져 있었습니다. 더 엄밀하게 이야기하자면, 집을 짓는 것에 푹 빠져 있었다고 해야겠죠. 크기도 모양도 색깔도 서로 다른 블록으로 집을 짓고 또 지었습니다. 들판에서 진

흙, 나뭇가지, 잡초로 집을 지을 때와 다른 점이라면 반복해서 지을 수 있다는 점이었죠. 집을 무너트리고 다시 짓고, 또다시 지을 때마다 그 전과는 다른 집이 생겨났습니다. 저는 블록 한 아름만 있으면 각기 다른 집을 이렇게나 많이 지을 수 있다는 사실에 놀랐습니다. 도면에 있는 모양 외에도 저는 블록을 활용해 도면에 없는 새로운 집들을 만들어 냈습니다. 그리고 맨 마지막에는 마음속에 떠오른 가장 이상적인 집을 지어 침대 옆 책상 위에 당당하게 세워 두었습니다. 그 집은 감히 아무도 건드릴 수 없었고 보기만 해야 했죠. 꽤 여러 날 동안 그 자리에 있었습니다. 나중에 암탉인지 고양인지가 책상 위로 뛰어 올라가서 무너트려 버리기 전까지 말이죠.

어린 꼬맹이도 집에 대한 상상을 품을 수 있다는 걸 이제는 잘 압니다. 우리 인류의 선조들로부터 전해 내려온 것이니까요. 첫 미술 시간에 선생님들이 칠판에 네모난 도형을 그려 놓고 길고 짧은 선들을 쓱쓱 그어 제일 먼저 완성하는 것이 집이라는 사실도 바로 그 이유에서겠지요.

집은 곧 가정입니다. 집의 출현은 가정에 관한 인류의 인식과 관련이 있습니다. 가정은 우리를 보호하고 따뜻하게 감싸 주는 영혼의 안식처이자, 삶이 지속되는 근본적인 이유가 됩니다. 사실 이 세상에서 일어나는 수많은 일이 가정과 연관되어 있어요. 행복, 고난, 좌절, 소망, 분투, 은거, 희생, 도피, 전쟁, 평화 등 모든 것이 가정과 관련되어 있죠. 수많은 사람이 선혈이 낭자한 전장을 뛰어다니는 이유 역시 내 집과 가정을 지키기 위함이니까요. 가정은 신성불가침의 영역입니다. 높디높은 홰나무 꼭대기에 지은, 아무도 침범할 수 없는 새 둥지와 같아요.

어릴 때 보았던 한 장면이 아직도 기억에 남아 있습니다. 어떤 사람이 까치 둥지를 들쑤셔서 땅 위에 떨어트린 겁니다. 그랬더니 셀 수 없이 많은 까치가 날아와서 쉴 새 없이 깍깍거리더라고요. 그리고 한 마리 한 마리가 전부 물불 가리지 않고 달려들어서 둥지 옆에 있는 사람을 죽일 듯이 쪼는 거예요. 그 모습을 지켜보던 사람들은 전부 놀랄 수밖에 없었죠.

가정의 의미가 새에게도 그 끝을 헤아릴 수 없을 정도로 크다는 뜻일 겁니다.

어린 시절에 품었던 집에 대한 욕망은 제가 다 커서도 사라지지 않았습니다. 나이가 들고 인생에 대한 깨달음이 깊어지면서 오히려 더 깊어졌지요. 재료가 변했을 뿐입니다. 이제는 진흙과 나뭇가지와 들풀이 아니고 집짓기 블록도 아닌, 글을 재료로 삼게 되었어요. 글로 지은 집은 저의 피난처, 정신적인 안식처입니다.

행복할 때든 고통스러울 때든 저에게는 글이 필요합니다. 감정의 배설이든 정신적 위로든 저는 영원히 글과 멀어질 수 없습니다. 특히 제가 이 세상에 부딪히고 깨어져 피투성이가 되었을 때는 더욱더 글로 지은 집, 나의 가정이 필요합니다. 철저히 짓밟혀 실의에 빠졌을 때도 저는 돌아갈 곳이 있어요. 글로 지은 나의 집이 있으니까요. 그리고 가만히 생각해 보니 철근과 콘크리트로 지은 물리적인 집은 제 문제의 일부만을 해결할 뿐 전부를 해결해 주지는 않더군요.

제가 이토록 글쓰기, 그러니까 집 짓기를 좋아하는 가장 중요한 이유는 바로 글쓰기가 자유를 흠모하고 갈망하는 천성적 욕망을 충족시키기 때문입니다.

여기서 말하는 자유는 정치적인 개념과는 무관합니다. 아무리 민주적인 제도라 해도 자유에 대한 우리의 욕망을 완전히 만족시키기는 사실상 불가능합니다. 제2차 세계 대전 후, 사르트르가 한 말이 있죠. 그 말은 많은 사람들의 심기를 건드리고 불쾌하게 만들었지만요. 그는 해방을 기뻐하는 사람들에게 이렇게 말했습니다. "우리에게는 독일 점령기 때만큼 자유로운 때가 없었다." 일찍이 혁명가였던 사르트르가 나치를 찬양할 리는 만무합니다. 그는 단지 '자유란 어떤 형태의 사회에서도 주어질 수 없다.'라는 불변의 철칙을 제시한 것이죠. 자유를 사랑하고 생명을 그 자체로 추구했던 사르트르에게 자유란 온전히 실현될 수 없는 가치였죠. 그러나 그는 자유로 향하는 길을 찾아냈습니다. 글쓰기, 즉 집 짓기입니다.

인간 사회가 제대로 작동하기 위해서는 의무와 규범을 논해야 하며, 조목조목 짜인 무수히 많은 제약을 감수해야 합니다. 그러나 의무, 규범, 제약은 인간의 자유와 태생적으로 어긋나는 개념이죠. 정교하고 엄격한 체계를 갖춘 사회일수록 의무와 규범을 더 따지고 들 겁니다. 그래서 현대 문명은 자유라는 문제를 제대로 풀어낼 수가 없습니다. 자유를 향한 욕망은 천부적이에요. 당연한 도리이고 누가 뭐래도 탓할 수 없죠. 그러니 대립은 영원히 이어질 겁니다.

그나마 지혜로운 이들이 그 사이에서 균형을 잡을 방법을 찾아냈어요. 그중 하나가 바로 글쓰기입니다. 우리는 글이라는 천

군만마를 얼마든지 동원할 수 있습니다. 글로 황량한 사막을 무성한 초목으로 탈바꿈시킬 수 있습니다. 글로 만들어 낸 비둘기 떼를 끝없이 높고 푸른 하늘로 날려 보낼 수도 있습니다. 들판이 필요하면 들판이 만들어질 것이고, 곡식창고가 필요하면 곡식창고가 생겨납니다. 글은 무소불위하니까요.

기호의 일종인 문자는 원래 이 세상과 일일이 대응되는 뜻을 지니고 생겨났습니다. 세상에 산이 있기에 '산(山)'이라는 기호가 생겨났고, 세상에 강이 있기에 '강(河)'을 나타내는 기호가 생겨났죠. 오랜 세월이 지나 기호가 가리키던 그 대상이 더는 존재하지 않게 되기도 했습니다. 그래도 기호들은 여전히 존재하고 우리는 예전 그대로 이를 사용하고 있지요.

또한 이 세상에 관한 우리의 서술은 기억에 의존하곤 합니다. 우리가 '푸릇푸릇한 묘목'이라는 말을 할 때, 꼭 눈으로 볼 수 있고 손으로 만질 수 있는 상황에서만 말하는 것은 아닙니다. 사실은 우리가 이미 떠난 현장, 이미 지나간 시간과 공간을 언어로 다시 한번 되살리는 경우가 대부분이죠. 만약 이런 행위를 불법이라 한다면, 우리는 파리 여행을 하고 베이징으로 돌아온 후에 친구들에게 루브르 박물관에 관해 자세히 이야기해 줄 수 없을 겁니다. 루브르 박물관을 등에 지고 오지 않는 이상 말이죠. 하지만 이는 얼토당토않은 일입니다.

우리는 언어의 확장성에도 주목해야 합니다. '크다(大)'라는 글자가 있으면 우리는 '큰 개미'라는 표현으로 다른 개미들보다 비교적 큰 개미를 설명해 낼 수가 있습니다. 마찬가지로 구름에 둘러싸인 높은 산을 '큰 산'이라는 말로 형용할 수가 있어요. 문자라는 독립적인 기호 하나하나는 일정한 어법 안에서 무궁무진하게 조합해 낼 수 있습니다. 이 모든 것이 우리에게 알려 주는 한 가지 사실이 있죠. 언어는 오래전 이미 현실 세계를 떠나 독립적인 왕국을 이루었다는 점입니다.

이 왕국의 본질이 바로 자유입니다. 그리고 이는 우리의 자유를 향한 욕망과 완전히 부합합니다. 이 왕국에는 자신만의 계약이 있습니다. 그러나 우리는 이 계약 안에서 광활한 자유를 누릴 수 있습니다. 글쓰기는 우리의 영혼이 자유로이 비상하게 돕기도 하고, 우리의 자유로운 정신이 만방에 빛날 수 있게도 합니다. 또한, 자유를 갈망하는 우리의 마음을 평온하게 만들어 주기도 합니다.

자유를 위해 글을 쓰면, 글쓰기가 당신을 자유롭게 합니다.

글쓰기로 지은 집은 당신에게 속한, 온전히 당신만을 위한 공간이니까요. 스스로 지은 공간에서 마음의 문을 활짝 열고 자신의 감정을 충분히 발산하고, 자신의 창의력을 한 톨도 남김없이 모두 내보이는 겁니다. 게다가 집 짓는 과정 자체도 자유의 쾌감을 누리기에는 그만입니다. 집을 어느 곳에 지을지, 어떤 스타일이었으면 좋겠는지 하는 모든 것이 무한한 가능성이니까요. 마침내 집이 내 상상 그대로 눈앞에 모습을 드러낸다면 한없이 즐거울 것은 분명합니다. 그리고 그 순간, 당신은 무릎을 꿇고 자유를 경배해 마지않을 겁니다.

집 짓기는 자연히 '심미'의 또 다른 과정이 되기도 합니다. 집의 외부와 내부뿐만 아니라 조형과 구조, 분위기, 자연과의 조화 등등을 살피다 보면 자연히 아름다움을 찾고 추구하는 심미의 상태로 접어들게 됩니다. 재차 이루어지는 심미의 과정에서 정신적인 만족감도 느낄 수 있을 것이고요.

훗날 저는 직접 지은 집이 오로지 나에게만 귀속된 것이 아니라 그것에 가까워지고 싶어 하는 아이들의 것임을 깨달으면서 이념과 경계의 탈바꿈 및 승화를 이루었습니다. 그래서 다시 글을 쓰고 다시 집을 지었습니다. 이제는 그 글과 저의 개인적인 관계를 잊고 글과 아이들, 셀 수 없이 많은 아이와의 관계를 생각할 때가 많습니다. 저의 책무가 무엇인지 갈수록 명확해집니다. 저는 아이들을 위해 글을 쓰고 아이들을 위해 집을 짓습니다. 더 열심히, 더 진지하게 임하며 신성함마저 느끼게 되었습니다. 집 하나하나를 지을 때마다 최선의 노력을 기울이고, 더 엄격하고 가혹한 요구를 합니다. 아이들을 위해 이 세상에서 가장 좋고 가장 아름다운 집을 지어야 하니까요. 그게 얼마나 힘든 일인지 알지만 전심전력을 다합니다.

성장하는 과정에 있는 아이들에게는 집의 보호가 필요합니다. 폭풍우가 덮쳐 오면 피할 집이 필요합니다. 땅이 꽁꽁 얼어붙는 겨울 추위에도 이 집에는 화롯불이 타오릅니다. 찌는 듯한 더위가 기승을 부리는 여름에도 창문을 사방으로 열어 놓으면 시원한 바람이 산들산들 불어오겠지요. 어둠이 내려앉아 황야의 안개처럼 두려움이 피어오를 때, 집이 그들의 두려움을 씻어 줄 겁니다. 이 집에는 따뜻한 침대와 맛있는 음식뿐만 아니라 재미있고 신기한 물건이 가득합니다. 높고 낮은 책꽂이가 있는 그 집은 곧 책입니다. 그야말로 책 중의 책이죠. 그 책은 아이들의 영혼을 맑게 하고 바른 사람이 되는 법을 알려 줍니다. 책은 배와도 같아서 아이들이 물을 안전하게 건너도록 도와줍니다. 등불과도 같아서 멀리까지 빛을 밝혀 길을 인도합니다.

저의 가장 큰 바람이자 가장 큰 행복은, 아이들이 다 자라 집을 떠난 후에도 따뜻하게 자신을 감싸 주었던 이 집을 이따금 떠올리는 것입니다. 이미 늙어 가는 나이가 된 그들이 이 집을 회상했을 때 그리운 향수를, 그래요, 고향을 그리워하는 마음을 느낄 수 있길 바랍니다. 제가 글을 쓰고 집을 짓는 이유는 그걸로 충분합니다.

삶이 멈추지 않는 한 집 짓기를 그치지 않으려고 합니다. 나 자신뿐 아니라 항상 눈에 밟히는 애처로운 우리 아이들을 위해서 더욱 그러할 것입니다.

차오원쉬엔의
2016년 한스 크리스티안 안데르센 상 시상식 연설문

신소설(新小說)을 시작하며

저에게는 갑자기 떠오른 참신하고 독특한 이야기를 노트에 적어 두는 습관이 있습니다. 결말까지 구상이 완전히 끝난 이야기일 수도 있고, 앞부분만 살짝 구상한 이야기일 수도 있죠. 어떨 때는 첫머리라고 하기에도 부족한 단어 하나, 문장 하나일 때도 있어요. 그저 그것만으로도 꽤 그럴싸한 이야기를 풀어낼 수 있을 거라는 예감이 든답니다. 이렇게 적어 둔 기록의 양도 상당합니다. 그래서 작품을 써 볼까 싶어 노트를 꺼내 뒤적이다 보면 눈을 번쩍 뜨이게 하는 메모를 발견할 수 있지요. 그러면 잠시 노트에서 눈을 떼고 저도 모르게 상상의 나래를 펼칩니다. 잠깐 사이에 소설 한 편의 줄거리가 대강 그려지면 이런 생각을 합니다.

'이제 써도 되겠다.'

그러고 나면 작품 생각만 합니다. 생각하고 또 생각하다 보면 점점 모양이 갖춰지고, 사람들이 좋아하는 모습으로 탈바꿈합니다. 그리고 마침내 곁가지가 많이 붙어 이제는 충분하다 싶을 때면 실제 글로 옮깁니다. 책상 앞에 앉아서 단숨에 작품을 탄생시키죠.

《맞바람(穿堂风)》을 시작으로 시간과 열정이 허락하는 한 저는 아이들을 위한 책 한 편 한 편을 써 내려갈 생각입니다.

'차오원쉬엔 신소설(新小說)'이라는 시리즈명에서 '신'이라는 글자는 '새로운 작품'이라는 의미뿐만 아니라 '새로운 사고', '새로운 이념', '새로운 정취' 등의 뜻도 함께 품고 있습니다.

물론 한 권 한 권을 계속 써 내려가려면, 한 가지가 더 전제되어야 하겠지요. 쉴 틈 없이 독촉하며 저를 조여 오는 출판사 편집자들입니다. 그들은 정말 지독하게 저를 들들 볶아요. 끊임없이 전화를 걸고, 메시지를 보내고, 심지어 문 앞까지 찾아와 묻습니다.

"다 쓰셨나요?"

사실 작가는 이처럼 성실하고 꼼꼼하게 자기 일에 최선을 다하면서 갖은 수고를 마다하지 않는, 알뜰살뜰하고 극진히 작가를 챙기는 출판인과 편집자의 채찍질을 떠나서는 작품을 완성할 수가 없습니다. 그런 의미로 보자면, 원고는 써내는 것이 아니라 짜내는 것이라고 할 수 있죠. 몇 년이 지나 작품의 탄생부터 출간, 수천만 독자들에게 소개되는 과정을 다시 떠올려 보면, 그들을 향한 무한한 감사의 마음이 깃드는 것과 동시에 평생 그들을 기억하겠다는 맹세를 하게 됩니다. 작가는 집요하지만 따뜻한 마음을 지닌, 내 작품을 알아봐 주는 출판인과 편집자에게서 벗어날 수가 없는 존재입니다.

그들에게 진심으로 감사합니다.

2017년 3월 31일 오전 10시
베이징대학교 란치잉 주택에서
차오원쉬엔

<신소설 시리즈에 관하여>
신소설 시리즈는 차오원쉬엔 작가가 2016년 '한스 크리스티안 안데르센 상' 수상 이후에 새롭게 집필한 소설 시리즈이다. 2017년부터 4년간 《맞바람》, 《박쥐향》, 《반딧불이 왕》, 《차오세완》, 《새를 찾아서》, 《길이 없는 도시》까지 총 여섯 권을 발표했다. 이 글은 신소설 시리즈의 첫 번째 작품 《맞바람》(2017) 발표 당시에 수록한 후기를 그대로 덧붙인 것으로, 2020년에 출간된 《새를 찾아서》를 집필하기 전에 쓰였다.

자신만의 새를 찾아서

우선 차오원쉬엔 작가의 작품을 한국 독자들에게 소개하고 번역할 수 있게 되어 감사합니다. 한스 크리스티안 안데르센 상을 받으며 세계적인 작가로 인정받은 아동 문학가의 저서를 직접 번역하는 것이 흔한 기회는 아니니까요.

저는 중국어로 쓰인 이 책을 우리 청소년 독자들이 읽을 수 있도록 우리말로 번역하는 역할을 맡았습니다. 부족한 실력으로 좋은 글을 옮기는 게 작품에 누를 끼치는 건 아닌지 걱정스러운 마음이 컸습니다만, 그래서 누구보다도 더 꼼꼼하게 책을 읽고 느끼고 곱씹었습니다. 이 책의 첫 번째 독자로서 뒤따라오는 이들에게 좋은 길잡이가 되겠다는 사명감을 가지고 말입니다.

위피알은 태어나서 한 번도 아빠를 만난 적이 없는 소년입니다. 사이가 썩 좋다고는 할 수 없는 엄마와 외할머니 사이에서, 한 번도 만나 보지 못한 아빠의 빈 자리를 더 크게 느꼈을지도 모르죠. 그래서 나무 아래에 주저앉아 멍하니 하늘을 바라보았고, 새를 찾겠다며 혼자 산을 올랐을 겁니다. 아빠를 향한 그리움에 사무친 위피알은 새 그림을 그리고 새 깃털을 줍고 급기야 새를, 아니, 아빠를 찾아 떠나기로 합니다. 그러나 그 길은 순탄하지만은 않습니다. 들개를 만나 위험천만한 상황에 처하기도 하고, 어느 마을에서는 돈을 빼앗기기도 하고, 또 맹인 할아버지를 만났다가 헤어지는 아픔을 겪기도 합니다. 그러나 위피알의 생각은 갈수록 군건해지고 아빠를 찾겠다는 마음은 더 커지죠. 결국, 그토록 만나고 싶었던 커다란 새를 만나게 됐고요.

독자가 되어 위피알의 모험을 따라가다 보니 조마조마하기도 하고 가슴이 따뜻해지기도 했습니다. 남몰래 혼자만의 외로움과 허전함을 이겨 내는 모습이 짠하기도 하고, 누가 뭐라 해도 자신의 길을 내딛는 소년이 대견하기도 했어요. '나라면 어떻게 할까? 저렇게 당당하고 의젓하게 내 생각을 그려 낼 수 있을까? 끝까지 포기하지 않고 나만의 새를 찾아낼 수 있을까?' 궁금하기도 했습니다.

우리는 어른이든 아이든 누구나 자기 앞에 놓인 어려움과 역경을 이겨 내야만 한 뼘 더 자랄 수 있다는 걸 잘 알고 있습니다. 그래서 위피알의 여정을 함께한 여러분 모두는 저와 같은 마음으로 궁금해하고 응원하고 기뻐했을 겁니다. 위피알이 자신의 새를 찾기를, 그래서 조금 덜 아프고 더 행복해지기를. 차오원쉬엔 작가가 바라는 것 또한 마찬가지일 겁니다. 이 세상 모든 위피알이 자신의 새를 찾기를, 아픔을 겪으며 세상을 배우고 성장해, 앞으로는 조금 덜 아프고 더 행복해지기를 바랐겠지요.

차오원쉬엔 작가는 정성스럽게 써 내려간 글이 온전히 자신을 위한 집이 되고, 글로 지은 집으로 아이들을 보호할 수 있다고 했습니다. 아이들에게 아낌없이 내어 주기 위해 삶이 멈출 때까지 글쓰기를 멈추지 않겠다는 그의 말은 깊은 울림을 줍니다. 더 많은 독자가 그의 책을 읽으며 자라나기를 바랍니다. 또한, 앞으로도 훌륭한 작가의 보석 같은 집(책)을 소개할 기회가 자주 주어지기를 바랍니다.

박미진

글 차오원쉬엔 曹文軒

중국의 저명한 아동 문학 작가로 중국 장쑤성 옌청시에서 태어났어요. 현
재 베이징대학 교수로 중문학을 가르치며 어린이와 청소년을 위한 글을 쓰
고 있어요. 중국에서는 '3대가 함께 읽는 문학'을 하는 국민 작가로 여겨지며,
'국가도서상', '쑹칭링 문학상', '빙신 문학상'을 비롯한 수많은 상을 받았어요.
2016년 4월 《란란의 아름다운 날(원작-'펑린두')》로 아동 문학의 노벨상으로
불리는, 국제아동청소년도서협의회(IBBY)가 수여하는 '한스 크리스티안 안데
르센 상'을 받으며 세계에 널리 이름을 알렸어요. 주요 작품으로 2021년 '볼로
냐국제아동도서전 라가치상 픽션 부문 스페셜 멘션'을 수상한 《우로마》를 비
롯해 《빨간 기와》, 《까만 기와》, 《바다소》, 《청동 해바라기》, 《힘센 상상》, 《란
란의 아름다운 날》, 《검은 말 하얀 말》, 《내 친구 태엽 쥐》, 《마오마오가 달린
다》 등이 있어요.

옮김 박미진

중국어 전문 번역가 및 관광통역안내사로 활동하며, 국내 독자들과 함께 읽
고 싶은 중국 원서의 기획 및 번역 작업을 하고 있어요. 옮긴 작품은 《황권》,
《류츠신 SF 유니버스 시리즈》, 《안녕, 우울》, 《지혜로운 유대인의 자녀교육 10
계》, 《아이는 아이답게》, 《서른, 노자를 배워야 할 시간》 등이 있어요.